Asia Liana Maria
Schimmer

Meine Gedanken hinter der Maske

Eine sensible und rührende Coronageschichte
einer Jugendlichen

novum pro

Bibliografische Information der Deutschen Nationalbibliothek:

Die Deutsche Nationalbibliothek verzeichnet diese Publikation in der Deutschen Nationalbibliografie. Detaillierte bibliografische Daten sind im Internet über http://www.d-nb.de abrufbar.

Alle Rechte der Verbreitung, auch durch Film, Funk und Fernsehen, fotomechanische Wiedergabe, Tonträger, elektronische Datenträger und auszugsweisen Nachdruck, sind vorbehalten.

© 2020 novum Verlag

ISBN 978-3-99107-285-0
Lektorat: Susanne Schilp
Umschlagfotos: Viktoria Korobova, Katemykate | Dreamstime.com; Krystsina Kvilis
Asia Liana Maria Schimmer
Umschlaggestaltung, Layout & Satz: novum Verlag

Gedruckt in der Europäischen Union auf umweltfreundlichem, chlor- und säurefrei gebleichtem Papier.

www.novumverlag.com

Für Susi

„Für immer bleibt die Erinnerung"

Atmen.
Tief einatmen.
Doch das Atmen fällt mir so schwer.
Es riecht künstlich.
Denn nun rettet uns nur die Maske.
Denn die saubere Luft wurde uns endgültig weggenommen.

An einem Samstagnachmittag sitze ich vor meinem Laptop und frage mich, was genau ich heute tun soll. Denn aus dem Haus zu gehen wäre keine gute Idee, vor allem in der Situation, in der wir gerade sind. Ich sitze seit drei Tagen daheim und versuche, immer auf dem neusten Stand zu bleiben.

Ihr fragt euch, um was es geht?
Es geht um das neue Virus, auf der ganzen Welt!
Jeder von euch kennt es und erlebt die Situation mit.
Es ist ein Virus, das ursprünglich aus China, aus der Innenstadt von Wuhan, stammt.
Das Virus, auch Covid-19 genannt, kann eine Atemerkrankung auslösen, die Ende Dezember 2019 in China ausbrach.
Covid-19 breitete sich schnell in ganz China aus. Es starben tausende Menschen.
Die Städte entwickelten sich zu Geisterstädten, kein Mensch traute sich mehr auf die Straße.
Krankenhäuser waren überfüllt, Ärzte wurden krank und viele starben auch und sterben immer noch!

Das Virus breitete sich aber auch langsam in anderen Ländern aus. Da viele Touristen deshalb schnellstmöglich wieder heimfliegen wollten, kam es zu ein paar Fällen in Deutschland.
Der erste Fall außerhalb von China war in Deutschland. Doch das konnte man schnell aufhalten. So verbreitete es sich vorerst nicht hier in Deutschland.
Panik wurde noch nicht geschoben, denn die ernste Situation war nur in China und wir hatten das Problem hier nicht wirklich.
China ist ganz weit weg von uns, wer dachte denn schon daran, dass es uns auch irgendwann treffen würde?

Das Ganze passierte Anfang Januar. Man hörte in den Medien über die ganze Situation in China, wie schnell sich die Anzahl der Erkrankten steigerte und die Todeszahl sich erhöhte. Ein paar Fälle fanden dann in Europa statt.
Die Situation verschlechterte sich mit der Zeit von Tag zu Tag immer mehr.

Die Krankheit brach in Italien am 20. Februar 2020 aus. Am Anfang nur im Norden, doch ehe man sich versah, war sie schon in ganz Italien.

Da ich selber Bekannte in Italien habe, bekomme ich tagtäglich Informationen.
In Norden ist die Situation ganz schlimm. Sehr viele sind krank und die Ärzte entscheiden, wer behandelt wird.
Wenn eine 80-Jährige und ein 60-Jähriger erkranken, so wird der 60-Jährige behandelt, da er jünger ist und eine höhere Lebenschance hat.
Leider müssen sie so reagieren, da sie nicht ausreichend Plätze in den Krankenhäusern haben und auch nicht viele Beatmungsmaschinen besitzen.
Die Entscheidung für Ärzte ist auch nicht ganz einfach, da sie eigentlich entscheiden, wer weiterleben darf und wer sterben wird.
Auch zum Einkaufen dürfen sie nur unter bestimmten Bedingungen und zwar darf nur eine Person in einem Supermarkt. Aber bevor sie hineindarf, wird sie nochmals kontrolliert, ob sie bestimmte Symptome zeigt, wie zum Beispiel Fieber.

Wenn man ohne Erlaubnis aus dem Haus geht und man erwischt wird, dann kann man mit sechs Monaten Haft rechnen. Das Ganze sollte man nicht als Spaß sehen.
Doch leider nehmen es hier in Deutschland sehr viele Leute locker und vergleichen es mit einer ganz normalen Grippe. Denn mit einer Grippe könne man genauso sterben. Da haben sie vollkommen recht, die Leute, die es sagen.

Doch warum gibt es dann für gegen Covid-19 keine bestimmten Medikamente, wenn es doch anscheinend genauso so ist wie die Grippe? Oder warum wird es dann überall so dramatisiert in den Medien?

Ich denke, dass die Menschen es einfach nicht akzeptieren wollen, was gerade auf der Welt passiert und sie nicht einsehen möchten, dass sie jetzt ihre ganze Lebensweise ändern müssen. Eine komplette 180-Grad-Wende machen müssen.

Seit dem 10. März wird die Lage hier in Deutschland ein bisschen ernster genommen von den Journalisten und Politikern. Vom Großteil der Bevölkerung nicht wirklich.
Die meisten machen jetzt Hamsterkäufe, die, die es ernst nehmen, die anderen reden schlecht über die Leute, die Hamsterkäufe machen. Sie verstehen nicht, warum sie so reagieren auf so ein Virus.

Am 13. Februar wurde entschieden, dass alle Schulen für fünf Wochen geschlossen werden.
Kann man es Schicksal nennen, dass es am 13. Februar dazu gekommen ist? Freitag, der 13.!
Ob man es glauben will oder nicht, solche Tage sind verflucht.
Es traf nicht nur Schulen, sondern auch Bars, Clubs, Kinos und Veranstaltungen.
Sehr viele Schüler fanden es übertrieben, dass die Schulen für die nächsten Wochen geschlossen wurden, da die meisten Abitur schrieben oder andere wichtige Abschlussprüfungen.

Doch wissen sie eigentlich, was gerade vor sich geht?
Eine hat mir gesagt, dass sie jetzt ein Problem habe. Ich fragte, warum sie jetzt ein Problem habe.
Ihr Abitur werde wahrscheinlich verschoben und ihre ganzen Pläne für den Sommer genauso.
Ich war geschockt, als sie mir das erzählt hat. Einfach sprachlos.

Sie will lieber krank werden und ein „paar Tage" daheimbleiben und ihr Abitur dann ganz normal schreiben, als ein paar Wochen keine Schule zu haben und ein „schlechtes" Abi zu schreiben und keine richtigen Sommerferien mehr zu haben.
Ich selber bin noch jung, aber man muss doch nur ein bisschen Köpfchen haben, um die Situation zu verstehen oder nicht?
Sie meinte auch: „Wir alle werden doch eh erkranken da bringt es doch nichts, alles zu schließen."
Aber wir schließen doch, damit wir das Virus nicht so schnell verbreiten, denn wenn das der Fall ist, dann wird es bald so wie in Italien aussehen. Alles würde außer Kontrolle geraten.
Doch das möchte sie einfach nicht verstehen. Aber sie ist auch nicht die Einzige, die so denkt.
Auch die Bundeskanzlerin macht einen Fehler, meiner Meinung nach. Klar, die haben beschlossen, Schulen zu schließen etc. Aber wenn andere noch arbeiten und die Jugendlichen/Kinder draußen sind, dann bringt das Ganze nicht wirklich etwas.
Dann kann man immer noch Menschen anstecken.

Man muss klare Regeln fordern.
Die Bundeskanzlerin sagt schon, dass 60 bis 70 Prozent der Bevölkerung erkranken werden. Aber wenn sie es sagt, warum versucht sie nicht, es zu stoppen, gleich jetzt in der Anfangsphase?

Machen die das extra? Wollen die Politiker und die Regierung einfach, dass Menschen sterben, damit die Welt davon profitiert? Damit das Klima besser wird? Damit alte Leute sterben und man die Rente nicht bezahlen muss?
Das sind alles Hypothesen, die ich aufstelle, aber irgendwas steckt doch dahinter!
So einfach kann nämlich auch ein Virus aus einem Labor nicht hinauskommen. Ich studiere Pharmatechnik. Klar, ich bin gerade erst am Anfang meines Studiums und mein Wissen ist sehr gering im Vergleich zu dem von Experten, aber wenn ich sehe, wie man sich anziehen muss, um überhaupt in ein Labor hin-

einzukommen, da glaube ich nicht, dass das Ganze aus Versehen geschah. Die Situation ist geplant worden. Vielleicht nicht von Politikern, aber von einer noch höheren Macht, von der wir nichts wissen!
Vielleicht damit Menschen leiden und die Wirtschaft kaputtgeht. Oder weniger Menschen auf der Erde leben.

Ist es Zufall, dass es gerade in Afrika so wenige Fälle gibt? Viele Virologen sagen, dass es dort nicht so viele Fälle gibt, weil es ziemlich warm ist und die Viren schneller sterben.

Ich denke das nicht, denn dort kann man nämlich nicht viel aufhalten, wie zum Beispiel die Wirtschaft. Die Leute sind arm und haben nichts und müssen Tag für Tag um ihr Leben kämpfen. Wozu dann so ein Virus dort verbreiten, wenn dort eh alles nicht funktioniert?
Im Gegensatz zu Afrika hat Italien sehr viel zu verlieren.
Italien ist beliebt für den Wein, die Pizza und die Kultur. Aber nicht nur Italien, ganz Europa, Australien und China – eigentlich haben alle was zu verlieren, deswegen ist die Situation ganz komisch.
Doch schauen wir auf die nächsten Tage, Wochen und Monate.
Ich werde euch meine Gedanken, Gefühle, Informationen und Meinungen jeden Tag mitteilen.
Ich will zeigen, wie eine Jugendliche denkt.
Wie ich damit umgehe und wie die Mitmenschen um mich herum damit umgehen.

Die Lage verschlechtert sich hier in Deutschland immer mehr.
Die Zahl der Toten steigt.
Nun sind es zehn Leute, die an dieser Krankheit gestorben sind.
Unter den zehn Leuten sind heute zwei ältere Menschen.
In NRW sind nun 1400 Menschen infiziert.
Die Deutsche Bahn versucht, die Fahrten einzuschränken. Die
Bahn stellt auf einen Notfall-Fahrplan um, was sehr schlau ist,
meiner Meinung nach.

In Iran ist es sehr schlimm, die Zahl der Toten stieg heute auf 724.
An einem Tag sind rund 113 Menschen gestorben. Man ist sich
sicher, dass sich die Todeszahl stark erhöhen wird.
Wenn sich die Krankheit fortsetzt, hat das Land möglicherwei-
se bald nicht mehr ausreichend Kapazitäten für die Behandlung
der Erkrankten.
In Frankreich wird heute der Flug, Bahn- und Busverkehr mi-
nimiert.
In Spanien stehen alle unter Quarantäne. Was wohl die beste
Idee für den Anfang ist. Die Bürger dürfen nur das Haus verlas-
sen, wenn sie arbeiten gehen oder lebensnotwendige Besorgun-
gen machen müssen.
Langsam entwickeln sich die Regeln in den einzelnen Ländern.

Heute ist ein sonniger Tag. Eigentlich geht man dann ein Eis essen, geht raus mit Freunden oder unternimmt andere spannen-
de Sachen draußen.
Doch ich schaue vom Balkon und es ist einfach nur still. Man sieht
niemanden. Keine Autos, die fahren, klar, es ist Sonntag, aber man
sieht meistens trotzdem ein paar Autos durch die Gegend fahren.
17 Grad hat es draußen und es gibt nicht einmal Leute, die einen Spaziergang machen. Man könnte sagen, dass sich unser

Dorf langsam zum Geisterdorf entwickelt. Später muss ich mit meinem Hund rausgehen, bin gespannt, ob man jemanden auf der Straße sieht.

Eine Freundin hat gefragt, ob ich Lust habe, etwas zu unternehmen, doch sie hat sehr viel Kontakt mit anderen Menschen. Deshalb musste ich absagen. Hätte sehr gerne etwas unternommen, doch man bleibt trotzdem ein bisschen vorsichtiger. Denn es muss ja nicht sein, dass ich Covid-19 bekomme, denn ich könnte es auch an meine Eltern weitergeben und die sind auch nicht mehr die Jüngsten. Das muss jetzt nicht wirklich sein, dass sie sich erkranken, nur weil ihre Tochter nicht daheimbleiben kann in so einer Phase.

Montag, 16. März 2020

Heute ist ein wunderschöner Tag.
Die Tage werden jetzt endlich wieder länger und man kann draußen den Sonnenuntergang genießen.
Heute war ein produktiver Tag. Mein Vater hatte einen Termin mit einem Kunden, am Anfang fand ich es nicht so toll, da man nicht weiß, wo er davor überall war. Aber anscheinend passt er auch darauf auf und vermeidet so gut es nur geht Kontakt mit anderen Mitmenschen.
Als wir uns gesehen haben, haben wir uns nicht die Hände gegeben, wie es sich eigentlich gehört bei einer Begrüßung. Es war ganz komisch, einfach so Hallo zu sagen, doch das wird voraussichtlich nicht das letzte Mal sein.

Wir waren in der Nähe vom Bodensee und ich habe draußen sehr, sehr viele Leute gesehen, vor allem ältere Leute, die einkaufen waren.
Überfüllte Tüten, die fast am Explodieren waren. Egal in welchem Laden wir waren zum Einkaufen, jeder Zweite da drin hat über das Virus geredet und spekuliert. Vielleicht auch ab und zu Witze gemacht, vor allem die älteren Leute.
Von einer Frau habe ich gehört, dass sie sich keine Sorgen mache, sie sei schon alt. Ihr Ziel habe sie schon erreicht. Niemand könne sie jetzt stoppen. Mit einer ganz positiven Ausstrahlung sagte sie es. Irgendwie hat mich das geschockt. Aber ich fand es zugleich auch schön, dass hier wenigstens Leute positiv denken, vor allem die älteren Leute, die eigentlich am meisten Angst haben sollten. Die Frau war bestimmt so um die 70 rum.

Als wir einkaufen waren, mussten wir echt Sachen suchen. Es gab keine Nutella mehr, ganz zu schweigen von Klopapier und Taschentüchern. Joghurt genau so wenig wie Mehl. Um Gottes

Willen, wenn du Mehl gefunden hast, dann hattest du an dem Tag wirklich sehr viel Glück.

Einkaufen ist zurzeit sehr schwer, aber das ist bloß der Anfang. Die Grenzen sind nämlich seit heute zu und nur LKWs mit Nahrungsmittel etc. kommen rein. Doch bis sie über die Grenze kommen, dauert das natürlich ein bisschen.

Gerade geht es noch, aber bin gespannt, wie es in einer Woche aussehen wird.

Dienstag, 17. März 2020

Ich bin ehrlich, ich hab echt keine Lust mehr. Das ist der erste Tag, an dem ich so richtig daheim bin.
Es ist echt nervig, immer Nachrichten zu bekommen von Freunden, die rausgehen, picknicken, grillen oder andere Sachen unternehmen.
Wetter ist mal wieder super draußen und ich bin daheim wie ein Schimmelpilz.

Bekomme gefühlt jeden Tag Nachrichten, ob ich Lust habe, rauszugehen. Aber was ist meine Antwort …NEIN.
Was denn sonst.
Es ist wirklich schrecklich. Am Anfang dachte ich, dass es gar nicht so schwer ist, daheimzubleiben. Dass Problem ist nicht, dass man daheimbleiben muss. Nein, das Problem ist, dass alle anderen draußen rumhüpfen und Spaß haben.
Es ist einfach deprimierend.
Wenn alles zu Ende ist, gehen wahrscheinlich viele zum Psychologen, weil man viel zu lange alleine war oder die Ehe gescheitert ist, weil man sich Tag und Nacht gesehen hat und man nicht arbeiten gehen konnte.

Naja, bis jetzt kann man noch arbeiten gehen, aber mal schauen, für wie lange.
Ich hoffe, dass die Bundesministerin entscheidet, dass alle daheimbleiben müssen, wie in Österreich, Spanien, Frankreich und Italien. Dass man nur für die Arbeit rausgehen darf, ansonsten nicht. Denn wenn die anderen trotzdem rausgehen, was bringt es dann, alles zu schließen? Klar, ich bin daheim, aber es nervt mich auch. Aber mich nervt es noch mehr, wenn man sieht, wie andere Leute rausgehen, eine Corona-Party machen, weil sie jetzt fünf Wochen freihaben. Das macht doch gar keinen Sinn!

Die sollten auch eine Regel aufstellen wie in den Ländern, dass man nicht aus dem Haus darf.

Man kann sich doch draußen anstecken!

Wenn die Jugendlichen rausgehen, sich mit anderen treffen und sich infizieren und dann heimgehen, dann infizieren sie doch die Eltern.

Die Eltern gehen dann arbeiten und stecken die anderen an.

Das ist ein Teufelskreis, wenn es nicht gestoppt wird.

Aber es sind nicht nur die Jugendlichen, auch die Älteren machen es, weil sie alle denken, dass es Fake wäre.

Dass das Ganze nur Fake-News sind und dass wir nur manipuliert werden. Aber warum sterben dann so viele Leute in Italien? Ist das Fake, dass so viele sterben?

Solche Leute wollen einfach die Situation nicht wahrnehmen. Sie verdrängen es. Aber dann sind sie die Ersten, die es dann haben. Ich wünsche die Krankheit wirklich niemandem, aber die Menschheit versteht es nur, wenn es einem selber geschieht, ansonsten versteht sie es nicht.

Die Menschen da draußen wollen es nicht verstehen und reden sich ein, dass Corona nur eine ganz normale Krankheit/Erkältung sei, damit sie weiterhin rausgehen können. Aber sie riskieren dann, dass ihre Großeltern in Lebensgefahr geraten.

Kann man diese Leute als egoistisch bezeichnen? Ich weiß es nicht. Aber in meinen Augen sind es Menschen, die nur an sich selber denken, damit sie Spaß haben können.

Es sind „nur“ zwei Wochen, die wir ertragen müssen, daheimzubleiben. Ich versuche es auch zu ertragen. Es ist eine schwere Zeit, aber man muss durchhalten.

Die Welt ist doch nicht normal …
Angela Merkel hat heute eine Ansprache gehalten für die ganze
Bevölkerung. Ich hab auf diese Rede echt lange gewartet.
Aber bin zutiefst enttäuscht von dem, was sie gesagt hat.
Sehr viele Sachen, die sie angesprochen hat, waren vollkommen
richtig, doch sie hätte ein bisschen härter sein sollen. Vielleicht
darf man als Bundeskanzlerin nicht so hart sein, das kann na-
türlich auch sein.

Ich meine, sie selbst hat gesagt, dass die Leute die Regeln einhalten sollen.
Es kann sein, dass man manche Regeln abschaffen kann, aber es
kann auch sein, dass neue Regeln dazukommen werden.

Ich bin mir sicher, dass es eine Vorwarnung war für die Leute,
die es noch nicht verstanden haben. Dass sie noch wartet, bevor
es endgültig zu einer Ausgangssperre kommt.
Sie möchte den Leuten vielleicht eine Chance geben zu sagen:
„Hey, macht eure Augen auf und passt auf und bleibt daheim."

Aber das kostet viel zu viel Zeit. Dass ist kostbare Zeit, die sie
hier riskiert.
In der Zeit könnten Tausende von Menschen erkranken und
sterben.
Aber nein, sie verhängt keine Ausgangssperre!
Es ist schade, sehr schade. Denn gefühlt nur 30 Prozent der Bevölkerung versteht die Situation, die anderen ignorieren sie.

Deswegen verstehe ich nicht, warum man so lange wartet, bis
man eine Ausgangsperre verhängt.
So wird sich die Lage verschlechtern hier in Deutschland.

Sie sagen, sie hätten die Situation unter Kontrolle und es werde nicht so werden wie in Italien.
Aber wie soll das gehen?

Ich musste heute mit meinem Hund rausgehen. Da gibt es natürlich keine Möglichkeit, daheimzubleiben.
Bin dann an einem Spielplatz vorbeigelaufen und da waren so viele Kinder.
In meinem Dorf sehe ich sonst wirklich sehr selten Kinder mit den Eltern auf dem Spielplatz.
Aber jetzt war der Spielplatz komplett überfüllt.

Da dachte ich: „Denken die Eltern nicht darüber nach?"
Die Kinder fassen alles an. Schaukel, Rutsche und vieles mehr.
Die ganzen Bakterien verbreiten sich.
Wie kann man so unverantwortlich sein?
Sie sagen: „Ja, was soll man den sonst mit den Kindern machen? Daheimbleiben?"
Ähm, jaa! Haben die Leute noch nicht verstanden, warum man daheimbleiben sollte?
Klar, ich verstehe es, für viele ist es schwer, daheimzubleiben, weil die meisten es nicht kennen, ständig im Haus zu sein oder sie drei Kinder haben und nicht wissen, wie sie die beschäftigen sollen.
Aber bitte, man sollte doch trotzdem bisschen Gehirn haben und das Ganze mal reflektieren.

Ach, wie schön es ist, in Quarantäne zu sein …
Sonne scheint, ein leichter Wind weht.
Wie schön es wäre, an einem Baggersee zu sein mit Freunden, auf
einer Picknickdecke zu sitzen und über alles zu reden.
Doch Tag für Tag wird das immer schwerer für uns werden.
Ich hab schon bisschen früher angefangen, in Quarantäne zu
bleiben. Die anderen amüsieren sich noch draußen. Doch lang-
sam merken sie auch, dass sich hier was verändert.

Ab Sonntag entscheiden sie, ob jetzt endgültig eine Ausgangsperre existieren wird.
Aber ich bin mir sicher, dass es so sein wird. Anders verstehen
es die Leute nicht.

Ich schreibe auch viel mit meinen Freunden und die freuen
sich gar nicht über die Situation. Klar, wer freut sich schon
darüber?
Viele dürfen jetzt von den Eltern aus nicht mehr raus. Außer
wenn sie zur Arbeit gehen müssen.
Die gehen zur Arbeit und dann wieder nach Hause und dort
müssen sie dann auch bleiben.

Viele schreiben mich an, obwohl man nie wirklich Kontakt mit
den Leuten hatte. Denen ist es langweilig geworden. Man schreibt
jetzt viel mehr als sonst. Klar, man hat auch viel mehr Zeit.
Man kommt über Dinge ins Gespräch, über die man davor gar
nicht wirklich geredet hat.
Man telefoniert jetzt auch viel mehr als sonst.
Morgen werde ich mit drei Freundinnen telefonieren, weil wir
nicht wissen, was wir mit der vielen Zeit anstellen können.

So vertreibe auch ich meine Zeit. Eine Stunde mit der einen, dann die nächste Stunde mit der anderen und noch eine Stunde. So vergehen die drei Stunden ein bisschen schneller.
Man erfährt dann auch paar interessante Sachen und man bringt sich immer auf den neusten Stand, was in der heutigen Zeit ja sehr wichtig ist für Jugendliche.

Das ist was Positives, wenn man daheimbleiben muss. Man schreibt Briefe, man telefoniert oder chattet.
Vielleicht schreiben jetzt nicht viele Briefe, aber ich bin mir sicher, ein paar da draußen werden es tun. Die Zeit mal anders nutzen und was Neues ausprobieren.

Angst!
Viele haben Angst!
Man sieht es in den Augen. Man merkt es an der Gestik, wie sich die Leute benehmen.
Man kann es an der Stimme hören. Viele nehmen es scheinbar mit Humor, damit sie die Angst nicht anderen Leuten zeigen. Damit sie sich stark fühlen und die Furcht in sich verstecken können.
So was ist gar nicht gut. Für die Gesellschaft und für die Gesundheit! Man sollte es zeigen und dazu stehen, vor allem in solch einer Situation.

Heute habe ich auf Instagram (eine sehr beliebte Plattform, die bestimmt jeder kennt) gelesen, dass es nun eine #Toilettenpapier-Challenge gibt. Hauptsächlich Jungs/Männer müssen das Klopapier wie einen Fußball hin und her balancieren.
Was mich sehr wundert, ist, dass Menschen sich in Supermärkten für Klopapier totprügeln, weil es gerade immer ausverkauft ist und man wirklich Glück haben muss, um eine Packung zu bekommen und die spielen mit Klopapier, als wäre das nichts Besonderes. Klar, vor dieser Krise wär es nicht schlimm gewesen, aber wenn man draußen und in den Nachrichten hört, wie sich Leute gegenseitig zusammenschlagen wegen Papierrollen und man ein paar Tage danach so was im Netzwerk sieht, das ist einfach traurig.
Als Hashtag benutzen sie dann #WirBleibenZuHause. Klar, ist sehr gut, dass die es so umwandeln und sie sich daheim dann Sachen suchen, um sich nicht zu langweilen.
Aber bitte, ein bisschen Respekt sollte man doch haben.
Mir tun die Leute einfach leid, die darum kämpfen, etwas zu bekommen und die Menschen, die es schon besitzen, gehen damit einfach wie mit einem Stück Dreck um.

Vielleicht steigere ich mich zu sehr in diese Situation rein, aber ich empfinde es als respektlos.

Das kann ich nicht unterstützen, so eine Aktion.

Die Leute sollen sich klarmachen, warum sie daheimbleiben.

Heute sind über 600 Menschen in Italien gestorben und die nehmen sich währenddessen mit der Kamera auf, wie sie mit Klopapier Fußball spielen.

Die sollen die Lage verstehen. Spaß haben kann man immer, aber ein bisschen ernster in dieser Lage sollte man sein.

Man soll jetzt auch nicht nichts tun … ABER doch nicht so etwas. Es gibt tausend andere Sachen, die sie machen könnten.

Warum kommen die nicht darauf, draußen zu helfen, zum Beispiel obdachlosen Menschen? Wie geht es denen? Kümmert sich jemand um die?

Sind sie sicher? Haben sie genügend Essen bekommen und wie können sie sich draußen schützen?

Keiner macht sich Gedanken darüber. Oder keiner berichtet darüber, wie es denen geht.

Denn wenn man überlegt, auch die Obdachlosen sind draußen und könnten uns anstecken.

Sie sollten auch in einem sicheren Ort sein und sich dort für die nächsten Wochen aufhalten können.

Denn wenn man überlegt, die fassen auch sehr viele Sachen an.

Vor allem, wenn es einer hat, dann können sich sehr viele schnell anstecken.

Ein Teufelskreis.

Wer weiß, ob sich jemand darüber Gedanken gemacht hat. Aber man muss auch an die Obdachlosen denken!

Ich hoffe wirklich, dass sich die Gemeinde oder generell die Region darum kümmert.

Wirklich von ganzem Herzen.

Samstag, 21. März 2020

Nach langer Zeit ist es wieder bewölkt …

Es regnet heute den ganzen Tag. Ein depressiver Samstagnachmittag, könnte man behaupten.

Ich liege nur im Bett und habe auf nichts Lust. In so einer Stimmung würde ich eigentlich Sport treiben, damit man sich danach besser fühlt, doch alles ist zu und daheim Sport zu machen, da fehlt meistens die Motivation dafür.

Man zieht es dann nicht richtig durch. Also meiner Meinung nach. Auf jeden Fall habe ich heute wirklich nichts gemacht.

Man bekommt bei so einem trüben Wetter einfach keine Motivation. Man fühlt sich so schlapp und nutzlos an so einem Tag. Ich bin froh, dass es die letzten paar Tage wunderschön war. Denn wenn es die ganze Woche so gewesen wäre … holla, die Waldfee, da hätten meine Eltern ja was ertragen müssen.

In Quarantäne zu sein macht die Psyche kaputt, wenn man so überlegt. Für mich geht das noch gerade, naja, außer heute, aber das liegt am Wetter.

Aber Menschen, die eigentlich ständig draußen sind und nur daheim sind, um zu schlafen oder zu essen, die werden ja wortwörtlich verrückt.

Das ist wie im Gefängnis sitzen.

Eine, die ich kenne, lebt so und sie selber hat gesagt, dass sie es nicht aushalten wird.

Ein paar Tage, okay. Aber doch nicht für Wochen.

Sie ist sehr aktiv, aber kein „Hausmensch". Sie muss in die Zivilisation, sonst wird sie verrückt, meinte sie selber. Aber leider gibt es noch keine offizielle Ausgangssperre für uns. Das heißt, sie kann noch rausgehen und das tut sie leider auch. Sie war heute draußen. In einer Stadt wo sehr viele Menschen sich aufhalten. Sorry, aber das macht man doch nicht. Klar, man hält es daheim nicht aus, vor allem bei so einem Wetter.

Aber bitte schaltet ALLE euern Kopf an. Das betrifft nicht nur die, von der ich gerade berichte, das ist nicht nur eine Person, sondern viele hier in Deutschland sind so. Besser gesagt, auf der ganzen Welt. Man muss sich am Riemen reißen und es für mindestens zwei Wochen durchhalten.

Es ist wirklich nicht einfach. Heute ist das gar nicht einfach. Das Wetter spielt für viele eine so große Rolle wie für mich. Aber ich bleibe daheim, weil ich weiß, wie gefährlich es draußen ist und wie wir die andern gefährden.

Eins steht schon mal fest, nach der ganzen Krise werden viele einen Psychologen brauchen, weil man sich Isoliert hat und keine Mitmenschen um sich hatte.

Klar, man hat die Familie, aber man braucht zur Abwechslung auch etwas von der Außenwelt.

Mit der Familie hat man dann höchstwahrscheinlich immer die gleichen Gespräche und irgendwann versucht man, sich aus dem Weg zu gehen. Vielleicht nicht immer aus dem Weg, aber man meidet sich ein bisschen. Ich kann es komplett nachvollziehen, wenn Leute sagen, dass sie es daheim echt nicht aushalten, aber kommen wir zu einem positiven Aspekt.

Wir lernen so, selbständig zu werden und auch mal alleine klarzukommen. Für manche ist es nicht so schwer, vor allem wenn man eine ruhige Person ist, aber für aktive Leute ist es schon ein Stückchen schwerer.

Dennoch ist es eine sehr gute Übung, alleine zu bleiben und versuchen, sich zu beschäftigen.

Auch die Kreativität erhöht sich dann. Man versucht jeden Tag, sich mit irgendetwas zu beschäftigen, damit man sich nicht langweilt und dafür muss man oftmals kreativ sein.

Denn ich denke nicht, dass in der Zeit alle immer am Arbeiten sind. Man macht eine Pause und unternimmt dann was anders, was man noch nie gemacht hat oder wofür man nie die Zeit hatte. Deshalb sollte man die Zeit nutzen und produktiv sein. Man kann in der Zeit so viele Sachen erledigen, die man immer verschoben hat.

Zum Glück scheint heute die Sonne. Wirklich, zum Glück.
Der Tag fängt dann direkt produktiv an, wenn man die schönen Sonnenstrahlen vom Fenster aus abbekommt, da kann der Tag halbwegs gut werden.

Sobald ich wach werde, zücke ich mein Handy und scrolle durch Instagram. Da bin ich dann auf dem Profil von Oliver Pocher gelandet. Er steht unter Quarantäne, da er positiv auf Corona getestet wurde, wie auch seine Frau.
Auf jeden Fall ist ihm langweilig und er postet Videos auf Instagram, die meiner Ansicht sehr amüsant und humorvoll sind. Er macht sich über die Influencer lustig, aber regt sich auch ein bisschen über sie auf, was ich so was von nachvollziehen kann.
Viele Influencer posten in dieser Krisenzeit viele Storys. Hauptsächlich Werbung.
Viele von denen sind auch Vorbilder für junge Leute oder generell für die Leute da draußen.
Auf jeden Fall ist es so, dass viele sich noch die Nägel machen lassen oder zum Friseur gehen, weil es super wichtig ist anscheinend. Doch haben die einen Kopf?
Es schauen junge Leute die Storys an und die denken dann: „Hey, die geht ja noch zum Friseur, dann kann ich es ja auch machen, wenn sie da hingeht, dann ist es in Ordnung."
Die verstehen es nämlich von selber nicht, die meisten Leute da draußen.
Kein Wunder, dass es so schwer ist, die Leute dazu zu bewegen, daheimzubleiben. Denn viele hören nicht der Bundeskanzlerin, sondern leider den Influencern zu.
Nicht alle Influencer sind so. Aber die meisten da draußen interessieren sich nicht wirklich für die Krise, weil ihnen ihr Job wichtiger ist.

Aber denen ist es nicht klar, wie viel so was auslösen kann, wenn sie so etwas tun.

Die haben so viel Macht über die jüngeren Leute da draußen und das ist denen bestimmt auch bewusst.

Ein Influencer sollte in dieser Zeit ein bisschen aufpassen, was er postet oder sagt.

Denn die Influencer werden als Vorbilder dargestellt!!

Genau das sagt Oliver Pocher in seinen Videos, nur humorvoller und vorsichtiger.

Er bekommt dafür ganz viel Hate von den Influencern. Manche reagieren ganz normal und finden es vielleicht lustig, aber manche nehmen es viel zu ernst.

Die, die es ernst nehmen, versuchen, sich rauszureden.

Viele sagen, dass Pocher gelangweilt ist und deswegen dann über die anderen redet. Ja, das ist auch der Fall, aber was er da sagt, ist auch vollkommen richtig.

Die wollen nicht ihre Fehler einsehen.

Und ja, Oliver Pocher hat, denke ich, bestimmt was gegen das Influencen, weil es nicht wirklich ein richtiger Job ist. Deshalb versuchen sich die Influencer zu schützen.

Er reagiert einfach auf eure Videos die ihr postet, mehr tut er nicht. Ein Problem mit denen hat er auch nicht, er sagt nur seine Meinung darüber, was die Influencer davor gesagt haben.

Wenn sie nicht gepostet hätten, dann hätte er nicht reagiert.

Doch, wie gesagt, Influencer sollten einfach aufpassen! Die sind ein Vorbild für viele Personen da draußen und sollten dann ernst über Corona reden, auch wenn es ständig in den Nachrichten kommt!

Es ist einfach wichtig!!

Viele haben die Nase voll, darüber zu diskutieren, aber das sollten sie nicht!!

Es geht uns nämlich alle was an.

Ach, so anstrengend ist es gar nicht, wie viele behaupten.
Ich finde es sogar sehr entspannend hier daheim.
Habe vor Kurzem eine To-do-Liste gemacht und das hilft! Man kommt mit den ganzen Sachen sehr gut voran und man ist echt motiviert, sie zu erledigen.
So liegt man dann nicht den ganzen Tag im Bett und schaut Netflix.
Doch kommen wir zum wichtigeren Teil.
In Italien ist die Lage nicht so wunderbar. Sie ist ziemlich gleich geblieben.
Doch in Spanien wird es immer schlimmer, vor allem in Madrid! Ich mache mir sehr viele Sorgen, denn meine Großtante wohnt dort und sie ist schon 84.
Ihr geht's so weit gut, denn sie bleibt daheim.
Doch dort muss man wirklich vorsichtig sein, denn an einem Tag sind um die 600 Menschen gestorben. Die Zahl steigt drastisch, der Anfang vom Ende, könnte man behaupten.
So wie in Italien bislang.
Ich hoffe, dass sich die Lage dort bald verbessern wird, denn die Ärzte sind komplett überfordert. Aber nicht nur die Ärzte, auch die Leute, die im Supermarkt arbeiten, verdienen den vollsten Respekt. Denn die Gefahr, angesteckt zu werden, ist für sie genauso hoch wie für Ärzte.
Die Menschen haben den größten Respekt von uns verdient!!!
Und ich finde es toll, was die Leute alles machen.
Die Leute applaudieren auf ihren Balkonen für die Ärzte!! Einfach super so was.
Denn wir denken alle an sie.
Teamwork.

Dienstag, 24. März 2020

Über das Wetter kann man sich nicht beklagen. Seit Tagen strahlt die Sonne, es windet ein bisschen, aber das stört kaum.

Seit ein paar Tagen telefoniere ich abends mit meinen Freunden. Mit einer App, die komplett überfordert ist. Es macht aber so unendlich viel Spaß. Wir telefonieren abends immer super lange und haben immer etwas zu erzählen. Es ist einfach schön, die Freunde zu hören.

Wir hatten es heute auch mit dem Virus. Es gab komplett unterschiedliche Meinungen, aber das ist klar. Keiner hat genau dieselbe Meinung wie der andere. Es ging auch ums Sterben. Ja genau, Sterben. Richtig gelesen.

Wir finden es einfach so traurig, dass so viele Leute im Krankenhaus sind und dann Angst haben zu sterben. Jeder würde in dieser Situation Angst haben, wirklich jeder, vor allem, wenn man im Krankenhaus liegen würde.

Wir versetzen uns mal in die Lage der kranken Leute dort. Sagen wir mal, in Italien, denn die Situation ist immer noch schrecklich und schlimmer als hier in Deutschland!

So, wir liegen krank im Krankenhaus. Bekommen nur schlecht Luft und werden künstlich beatmet.

Tag für Tag müssen wir da durch.

Tag für Tag versucht der Arzt das Beste für uns.

Und Tag für Tag haben wir Angst.

Ja, Angst!

Wir haben Angst, alleine zu sein.

Angst, alleine zu sterben.

Das ist das Schlimmste, was einem passieren kann, wenn man nicht die Familie um sich herum hat. Es könnte jederzeit passieren. Es könnte plötzlich die Beatmungsmaschine nicht mehr funktionieren und schon ist man weg.

Man hat jeden Tag die Ungewissheit, ob man es überhaupt schafft.

Und dann nicht einmal die Familie um sich herum zu haben, ist das schrecklichste Gefühl, das man haben kann.
Allein.
Alleine zu sein
Alleine zu sterben
Mit niemandem richtig darüber zu reden.
Keiner, der einem Mut macht
Man hat niemanden!
Das Schlimme ist, es ist leider wahr! Das Ganze passiert gerade in Italien, dort gibt es viele, die um ihr Leben kämpfen oder die gekämpft haben. Leider sind viele ums Leben gekommen und konnten sich kein letztes Mal von der Familie verabschieden!
Es ist traurig! Unvorstellbar so etwas.

Mittwoch, 25. März 2020

Neuer Tag, neue Pläne.
Ich war heute einkaufen, da wir kein Klopapier mehr hatten.
Hab danach gesucht und zum Glück gab es welches.
Doch halleluja, die Leute dort sind ja nicht mehr normal. Sie sind wie Tiere geworden und auf Jagd! Man muss ja ständig am Wagen sein, damit nichts daraus geklaut wird.
Wenn man nur ganz kurz irgendwo anders ist, dann ist, puff, irgendwas weg. Man muss echt aufpassen.
Aber das sind eher die älteren Leute.
Ich denke, das liegt daran, dass die Älteren früher den Zweiten Weltkrieg erlebt haben und deswegen so Angst haben, kein Essen mehr zu bekommen.
Deswegen dann die ganzen Hamstervorräte.
Aber ist verständlich so was. Ich hätte auch Angst an deren Stelle. Das bleibt tief im Gehirn sitzen und man kann so was Dramatisches nicht mehr loswerden.
Das sind die Älteren, aber bei denen, die nicht den Zweiten Weltkrieg erlebt haben, da verstehe ich es nicht so. Denn die Bundeskanzlerin hat gesagt, dass es unnötig sei, Hamsterkäufe zu tätigen.
Am Ende schmeißen wir wahrscheinlich eh 50 Prozent der Lebensmittel weg, weil sie verderben und das ist einfach schade.
Komplette Lebensmittelverschwendung und die, die nicht so viel Essen haben, bekommen so was mit.
Die Leute denken nur an sich selber. Das ist so traurig. Ich hoffe, man lernt von diesem Virus, dass man zusammenhalten sollte. Sonst wird alles noch zusammenbrechen.

Ich freu mich immer mehr darauf rauszugehen!
Ich bin wirklich froh, wenn das Ganze endlich ein Ende hat.
Ich hoffe, dass es bald so weit ist.
Dass Kinder draußen wieder spielen können.
Alte Menschen Spaziergänge machen können in einer Gruppe.
Dass man wieder in Restaurants gehen kann.
Dass man alle wiedersehen kann, Familie und Freunde.

Wie sehr die Freude steigt. Tag für Tag.
Immer wenn ich meine Freunde höre, steigt die Freude mehr.
Man hofft darauf, dass am nächsten Tag alles wieder gut sei.
Doch sobald man aufwacht und man die Nachrichten anschaut,
merkt man, es wird eher Tag für Tag schlimmer und nicht besser.
Man hofft darauf.
Man betet dafür.
Man will wieder in die freie Natur gehen.
Doch wie lange wird es dauern?
Wie lange werden wir es noch ertragen können?
Wie viele Menschen müssen noch sterben?
2020 sollte ein gutes Jahr sein, doch es leiden viel zu viele Men-
schen gerade.
Es sterben viel zu viele Menschen.
Es ist eine Katastrophe.
2020 ist bis jetzt eine Katastrophe.

Freitag, 27. März 2020

Jetzt weiß ich, wie sich die Hunde fühlen, wenn man nicht mit ihnen rausgeht.

Sobald man dann sagt „Komm, lass Gassi gehen", springen sie vor Freude.

So sind wir jetzt alle, nicht nur die Hunde.

Wir werden uns so freuen, wenn es so weit ist!

Doch die Situation soll nächste Woche schlimmer werden. Es soll hier komplett eskalieren anscheinend. Ich hoffe von ganzem Herzen, dass es nicht der Fall sein wird.

In Italien wird es gefühlt auch nicht besser und in Madrid fängt es erst richtig an diese Woche.

Wann hat das ein Ende?

Die zweite Woche hier daheim und ich pack es nicht mehr.

Die erste Woche ging echt. Aber jetzt in der zweiten Woche, das ist echt hart.

Ich merke es selbst bei meiner Mutter. Sie ist ständig nachdenklich und entspannt sich gar nicht.

Klar, ist nicht die beste Zeit, sich zu entspannen, aber rein theoretisch ist man in Sicherheit.

Sie macht sich viel zu viele Sorgen um Italien, was verständlich ist. Aber man muss auch auf seine Psyche ein bisschen aufpassen, denn was mir auffällt, ist, dass man innerlich komplett kaputtgeht.

Erst wenn das Ganze ein Ende hat, wird sich meine Mutter wieder entspannen können.

Das klingt vielleicht egoistisch, doch das Beste ist, wenn man jetzt an sich selbst denkt und schaut, was für einen gut ist. Denn sonst leidet man darunter, wenn man nur für die anderen da ist und nie für sich selber! Jetzt muss man schauen, dass man gesund und daheim bleibt.

Es klingt immer so einfach aber das ist meistens nicht der Fall. Denn viele neigen dazu, für andere da zu sein und nicht für sich selbst.

Das schädigt unseren Körper und verbraucht viel zu viel Kraft.
Und Kraft brauchen wir in dieser Situation.
Helfen ist wichtig.
Alle sollten helfen, wirklich alle.
Doch es gibt Grenzen, man sollte auch auf sich achten.
Den manchmal werden wir nur durch andere Menschen seelische krank.

Ich muss sagen, die ganzen News im Internet machen einen noch wahnsinnig.

Die ganzen Symptome kann man jetzt nachlesen. Konnte man eigentlich immer, aber jetzt tauchen sie öfters auf, sobald man „Covid-19" eingibt.

Da wird man paranoid. Also ich zumindest!!!

Zuletzt habe ich gelesen, dass man, wenn man Atemnot hat, Covid-19 hat. Ich natürlich habe es mir eingebildet und konnte plötzlich nicht mehr atmen.

Manchmal habe ich so kleine Panikattacken. Dann habe ich das Gefühl, dass ich am Ersticken bin und muss mich dann selber herunterfahren und mache als Erstes Yoga.

Doch in so einer Situation denkt man nur an das Schlimme, was denn sonst.

Dann habe ich gegoogelt, was noch für Symptome auftauchen könnten, wenn man schon Atemprobleme hat.

Dort stand Übelkeit und Stuhlgang-Probleme. Ein paar Minuten später saß ich auf dem Klo und mir war schlecht. Das Ganze hat sich in meinem Kopf abgespielt.

Mein Kopf hat mich komplett verrückt gemacht. Es war schrecklich.

Manchmal sind News nicht so vorteilhaft. Sie bringen einen nur zum Wahnsinn und helfen einem nicht weiter, sondern verschlimmern das Ganze eher noch mehr.

Also für mich zumindest.

Oder auch mit dem Husten. Sobald man ein- oder zweimal hustet, denkt man sofort daran.

Es ist wie eine Gehirnwäsche für uns. Wir schieben leider viel zu viel Panik und dann gehen wir ins Krankenhaus, weil wir denken, dass wir was haben könnten und stecken uns dann dort an, obwohl wir davor eigentlich gesund waren.

Das ist wie ein Teufelskreis. Es endet nie.

So spielt es sich meistens ab mit der Panik und das löst viel zu viele Probleme aus.

Vielleicht sehe ich das nur so und noch ein paar andere, mit denen ich darüber geredet habe. Aber ich finde, dass es eine große Rolle spielt in unserer Gesellschaft mit der ganzen Manipulation.

Unser Gehirn spielt falsch mit uns.

Es ist wie ein Psychospiel und wir leiden dann mächtig darunter. Wir dürfen uns in dieser Situation nicht verrückt machen, das ist unsere einzige Rettung.

Die Normalität in unserem Kopf bewahren und nicht außer Kontrolle geraten.

Naja, die Normalität im Kopf bewahren, ist auch schwer, aber man darf sich nicht ständig Gedanken machen oder sich Sachen einbilden.

Sonntag, 30. März 2020

Sie ist schon sehr traurig, die Gesellschaft.

Ich hatte heute eine ganz komische Konversation mit einer Frau.

Sie ist froh, dass so viele Menschen gerade sterben, weil es der Welt so bald wieder besser gehen wird.

Klar, auf der Welt gibt es viel zu viele Menschen doch Hallo!!! Geht's noch?

Stellt euch vor, eure Eltern sterben wegen der Sache oder generell wegen was anderem.

Ja, ist eigentlich gut, dass unsere Eltern sterben, jetzt fühlt sich die Welt viel besser an.

Man hat jetzt mehr Freiraum und mehr Platz hier auf der Erde und viele Leute fühlen sich dadurch besser.

Geht's eigentlich noch?

Wie kann ein Mensch so herzlos sein?

Doch von solchen Leuten gibt es viele auf der Welt.

Viel zu viele leider.

Aber sind wir doch ehrlich. Was würdet ihr tun, wenn eure Großeltern an diesem Virus sterben würden?

Würdet ihr euch freuen und sagen: „Wow, endlich sind die weg. Jetzt geht's der Welt ein bisschen besser!"

Würdet ihr wirklich so denken?

Wenn ja, dann ist das nicht menschlich.

Okay, ja, wir sind viele Menschen auf der Erde, das ist ein Argument. Aber nun ist es so und man sollte nicht gleich froh darüber sein, dass endlich Menschen sterben. Und jetzt die Möglichkeit besteht, die Welt zu retten.

Menschen sollten zusammenhalten, egal wie viele wir hier auf dieser Erde sind. Man muss immer zusammenhalten, ob Jung

oder Alt. Wenn man nicht zusammenhält, dann bricht die Welt
nur deswegen zusammen.
Ich hoffe, dass viele ein Herz haben und es zeigen, auch ge-
genüber den Leuten, die herzlos sind, vielleicht können die davon lernen.

Sport machen, Klamotten im Internet bestellen, das neuste Handy besitzen. Das findet in unserer Generation statt. Das ist das Wichtigste im Leben, immer besser als die anderen zu werden, wenn man es nicht schafft, dann ist man ein Loser!

Das ist kompletter Schwachsinn.
In den letzten zwei Wochen habe ich wirklich so viel daheim gelernt.
Wie schnell das Leben enden kann und dass man einfach glücklich sein sollte, jeden verdammten Tag.

Du hasst deine Figur? Scheiß drauf, steh dazu. Zeig deine tolle Figur. Nur du hast diese wunderbare Figur und alle anderen beneiden dich darum.
Du willst gesund essen? Dann tu es, aber tu es bitte für dich und zeig nicht den anderen, dass du gesund isst. Du tust es für dich und nicht für die anderen!!
Du machst Sport, um besser auszusehen? Dann mach es, aber denk immer daran, du steckst in diesem Körper, du musst glücklich werden und nicht die anderen. Mach keinen Sport, wenn du dich nur präsentieren willst, was bringt das dir?
Tu die Sachen, die dir gefallen, und tu sie nie für andere Leute. Denn die meisten verstehen es nicht, wenn man sie für sie tut. Und warum auch? Die finden dann immer neue Sachen an dir, die ihnen nicht gefallen. Nur damit du dich schlecht fühlst, denn sobald du glücklich bist, sind alle neidisch.

Wertschätzen.
Das Leben sollte man wertschätzen.
Für jede Kleinigkeit, die wir unternehmen.
Die Erlebnisse, die wir mit unseren Liebsten unternommen haben.

Das Ganze sollten wir genießen.
Und nicht immer mehr wollen.
Ein Porsche oder eine MCM-Tasche.
Nein, zu was brauchen wir so was?
Klar, so was ist schön, solange du es für dich kaufst, aber nicht,
um es andern Leuten zu zeigen oder damit anzugeben zu wollen.
Was gewinnt man mit dieser Aktion? Genau! Nichts.
Du zeigst nur, wie sehr du an Objekten hängst und dass dir nur
das im Leben wichtig ist und sonst nichts anders.

Genießt einfach die schönen Momente im Leben.
Die Familie macht einen schon glücklich, ein Dach über den
Kopf ist schon ein Jackpot für uns alle, denn nicht viele können
sich so etwas leisten, wie in Afrika zum Beispiel.
Deshalb seid stolz auf das, was ihr habt.
Denn viele haben nicht das, was wir haben.
Und denkt mal alle positiv und nicht immer negativ, man lebt
nur einmal. Nutzt die Zeit und scheiß auf die Tage, die mal
nicht gut sind.
Es gibt gute und schlechte Tage, also meckert nicht ständig rum.
Denn viele leiden wirklich, wie zum Beispiel unter einer Krank-
heit oder sie müssen um Essen und Wasser kämpfen, weil sie
keins haben.
Die Probleme, die wir haben, sind einfach nur Luxusprobleme!

Gott segne uns.

Sind jetzt viele religiöser geworden durch diese Situation?
Würde mich sehr Interessieren.
Von meiner Seite aus nicht wirklich.
Es kann gut sein, dass der liebe Gott uns bestraft, hier auf der Erde.
Dass wir jetzt die Konsequenzen spüren müssen.
Ich glaube an Gott und es kann natürlich auch so sein wie früher mit Adam und Eva.
Der liebe Gott hat die zwei auch bestraft.
Ob es jetzt auch der Fall ist, dass er uns ALLE bestrafen möchte?
Denn das Jahr 2020 hat leider nicht so blendend begonnen.
Waldbrand in Australien … und jetzt Covid-19.
Er möchte, dass wir leiden.
Dass wir unseren Kopf einschalten und die Augen öffnen dafür, was da draußen gerade passiert.
Nicht nur an uns selber denken.
Doch ob das eine gute Strafe ist? Das weiß ich nicht.
Vielleicht verändern sich die Menschen zum Positiven.
Für eine kurze Zeit.
Aber ich denke, nach paar Jahren ist schon alles wieder vergessen und alles fängt von vorne an mit der Menschheit.
Vielleicht auch schon nach einem Jahr oder, wer weiß, nach paar Monaten schon.
Sobald das Ganze zu Ende ist, wird keiner mehr darüber reden und sie werden „Schwamm drüber" sagen.
Man weiß nicht, was in den Köpfen der anderen abgeht.
Aber arg viel werden die meisten nicht daraus lernen.

Viele verstehen die Situation immer noch nicht und nehmen es auf die leichte Schulter, von daher wird es keine großen Veränderungen geben.
Traurig, aber wahr.
So ist das Leben nun mal.

Also, vor ein paar Wochen gab es ständig die Hamsterkäufe, Klopapier und auch Mehl.
Doch jetzt gibt es noch etwas.
Und zwar Haarfärbungsmittel und Haarscheren.
Seit dieser Woche kaufen sich sehr viele Leute Färbungsmittel für die Haar, weil sie nicht viel zu tun haben und sich dann die Haare färben.
Ich bin ehrlich, ich tue es auch.
Meine Mutter war heute einkaufen und hat dann Färbungsmittel für mich gekauft.
Sie sagte, dass es eine geringe Auswahl gab.
Sehr viele Farben waren ausverkauft.
Klar, ich bin jetzt auch erst darauf gekommen, weil man langsam nicht mehr so viel zu tun hat daheim.
Man macht sonst immer das Gleiche, wie backen, putzen, lernen oder arbeiten …
Irgendwann braucht man dann eine Abwechslung.
Tja und das ist meine Abwechslung nach ungefähr drei Wochen Daheimsitzen.
Die Friseure werden sich bestimmt freuen, sobald die ganze Situation sich ändert, denn ich denke, bei vielen hat es nicht so geklappt, wie sie es gewünscht haben.
Ich hoffe, dass es nicht bei mir der Fall sein wird.
Aber ich denke, die Friseure sind die Ersten, die dann viel Einkommen haben werden.
Aber ist doch super eigentlich.
Wie sollen die sonst leben, wenn danach keiner hingeht!?

Ab morgen besitze ich eine neue Haarfarbe.

Vor allem, wenn es nicht so schön aussehen wird, dann ist es auch nicht schlimm, da man eh nur ständig daheim ist und man jetzt neue Sachen testen kann.
Man kann jetzt experimentieren und wenn was schiefläuft, ist es egal.
Nobody can see me.

Irgendwie denken wir nur an uns.
Wir sind egoistisch!
Wirklich alle. Ich gehöre auch dazu.
Denn wir denken daran, wie wir die Zeit schnell überwinden können und entwickeln unnötige Ideen.
Anstatt mit der Familie zu sitzen und zusammen etwas zu unternehmen, färben die meisten ihre Haare – inklusive mir.
Weil man vor Langeweile auf so etwas kommt.
Man sollte die kostbare Zeit nutzen. Genau jetzt haben wir die Möglichkeit, mehr mit der Familie zu unternehmen.
Es gibt viele Fälle, in denen die Eltern nicht da sind und erst abends wiederkommen oder erst nach ein paar Tagen oder Wochen ihre Kinder wiedersehen.
Jetzt hat man die Chance, die Zeit zu genieße mit den Lieblingsmenschen, die man hat.
Klar, es gibt Tage, an denen man keine Lust hat oder man genervt ist von der Familie.
Aber man sollte nie ohne Grund sauer sein oder genervt.
Man sollte die Probleme zusammen lösen können.
Denn man weiß nie, wann es für einen zu Ende ist. Es geht viel schneller, als man denkt.
Viel zu schnell meistens
Und jetzt haben wir die Möglichkeit, das Beste daraus zu machen und mit der Familie die Zeit zu verbringen.
Genießt jede kostbare Zeit mit eurer Familie, denn das sind die schönsten Erinnerungen, die einem im Gedächtnis bleiben werden.
Denn das sind die wertvollsten Dinge im Leben, die wir je haben werden.
So eine schöne Zeit kann uns niemand wegnehmen!

Ist ja nicht so, dass wir hier gerade viele Probleme haben mit der Krankheit.

Nein … das reicht nicht aus!

Es gibt Menschen, die wirklich so kaputt im Kopf sind!

Es kam vor Kurzem einen Bericht über eine Messerstecherei.

Wie kommen die Leute darauf?

Sind die so psychisch kaputt im Kopf? Warum suchen sie sich keine Hilfe? Warum tun Menschen so was? Sind sie danach nicht traumarisiert, wenn sie jemanden töten?

Warum reden sie nicht davor mit jemandem, damit es nicht zu so etwas dann kommt?

Mit einem Psychologen. Einfach Hilfe suchen, wenn man solche Gedanken hat. Oder schämen sie sich dafür? Sie ruinieren doch das ganze Leben von den Mitmenschen und auch ihr eigenes Leben. Wie wollen die den danach noch normal leben?

Klar, solche Leute sind von Anfang an nicht ganz richtig im Kopf. Aber es gibt doch eigentlich für alles immer eine Lösung, auch wenn man denkt, dass man nie mehr aus der Situation rauskommen wird.

Also ich weiß nicht, wie ein Mörder denkt, aber man könnte sich doch trotzdem Hilfe suchen oder nicht?

Generell, in so einer Situation noch mehr Probleme aufzubauen ist doch schrecklich!

Für uns alle.

Man fühlt sich noch mehr bedroht.

Man bekommt noch mehr Angst, aus dem Haus zu gehen.

Man hat jetzt schon Angst, dass man sich anstecken könnte, wenn man rausgeht – und jetzt noch aufpassen, dass man nicht angegriffen wird.

Vor allem, es sind jetzt viel weniger Leute draußen und wenn man Pech hat, hört und sieht einen keiner, wenn einem was zustoßen würde.
Warum entwickeln sich Menschen nur zum Bösen?

Die Zahl der Toten steigt immer und immer mehr.
Es gibt einfach kein Ende.
Immer und immer mehr Leute werden krank und viel zu wenige werden gesund.
Die Situation hier in Deutschland wird immer schlimmer seit dieser Woche.
Es sterben sehr viele Leute.
Vor allem in den USA steigt die Zahl drastisch!
Es hört einfach nicht mehr auf.
Ich hoffe, es liegt nicht an den Vollidioten, die meinen, dass alles nur Fake ist und noch draußen rumhüpfen wie kleine Kinder und die Situation nicht ernst nehmen können.

Vor ein paar Tagen ging meine Mutter zum Supermarkt, um einzukaufen.
Sie lief zur Kasse und eine Kassiererin hat gefragt, ob die Einschätzung der ganzen Situation nicht einfach übertrieben sei, vor allem mit den Masken und den Handschuhen, die die Leute tragen zum Einkaufen.
Meine Mutter hatte natürlich auch Handschuhe und Maske an, zur Sicherheit!
Doch das war nicht alles. Sie fragte, ob das Ganze mit Italien nicht nur nur Fake sei, dass so viele sterben und meinte, dass die Krankheit gar nicht existiere, sondern nur Hysterie sei.

Meine Mutter war einfach nur sprachlos!
Das wäre ich auch.
Irgendwie verstehen es die Leute nicht.
Ich weiß echt nicht, warum es die Leute nicht verstehen möchten.
Warum sollte man das in die Welt setzten? Die ganze Wirtschaft geht kaputt und sie behauptet, es sei Fake.

Die meisten wollen es echt nicht realisieren und genau diese Leute verbreiten die Krankheit dann.

Kein Wunder, dass es noch ewig dauern wird, bis alles wieder so normal wird wie vor ein paar Monaten.

Das Witzige war, dass sie selbst Italienerin ist. Vielleicht hat sie in Italien keine Verwandtschaft. Aber was wir so alles von unserer Familie hören, was in Italien abgeht … Da denke ich definitiv nicht, dass es Fake ist.

Montag, 06. April 2020

Man kämpft um sein Leben.
Man bleibt Tage oder Wochen im Krankenhaus, um wieder gesund zu werden.
Doch dann bekommt die Familie ein Telefonat vom Krankenhaus und wird Informiert, dass der-/diejenige am Sterben ist.
Keiner kann da hingehen um sie/ihn zu sehen, zum letzten Mal.
So war es heute!

Die beste Freundin meiner Mutter liegt seit drei Wochen im Krankenhaus, weil sie Covid-19 hat.
Jeden Tag hat sie gekämpft!
Doch irgendwie hat es ihr Körper nicht mehr geschafft, nach drei Wochen Kampf gegen die Krankheit.
Ihr Mann hat uns heute angerufen und hat es berichtet.
Wenn ein Wunder passiert, in den nächsten paar Stunden, dann könnte sie es noch schaffen.
Doch gerade sieht es sehr schlecht aus.

Wir beten und beten, dass noch irgendwas Gutes passiert!
Irgendein Wunder, das sie noch retten kann.

Sekunde für Sekunde vergeht.
Minute für Minute vergeht und keiner ruft an.
Die Stille ist schrecklich.
Das Warten macht einen verrückt, schafft sie es oder nicht?
Das Schlimmste ist, meiner Mutter zuzusehen, wie sie gerade leidet.
Man kann nichts machen außer abwarten und beten.

Es ist schrecklich, wie schnell so was enden kann.

Letzte Woche ging es ihr noch gut und die Medikamente haben gewirkt und jetzt auf einmal ist sie am Sterben und hat noch ein paar Stunden Zeit.
Drei Wochen keine Familie gesehen und man kann sich von der Mutter/Frau nicht verabschieden.
Wie schrecklich es gerade für die Familie sein wird.
Auch für die Oma, denn sie hat ausgerechnet heute Geburtstag.
Man erwartet an so einem Tag eine gute Nachricht!
Gott segne sie und die Familie die darunter leiden muss.

Wir hoffen das Beste für sie und hoffen auf ein Wunder.
Ein Wunder in den nächsten paar Stunden, denn sonst ist es zu spät.

Lieber Gott, rette die Guten.
Rette die, die am Sterben sind.
Versuche, so viele wie es geht zu beschützen!!
Denn jetzt kannst nur du ein Wunder vollbringen, kein anderer kann es!

Das Leben eines Menschen vergeht schnell.
Wir kommen auf die Welt.
Lernen laufen.
Lernen sprechen.
Gehen in die Schule.
Studieren weiter.
Gehen arbeiten.
Gründen eine Familie.
Immer der gleiche Ablauf in jeder Familie.
Dann kommt das Alter, das uns ruckzuck einholt und wir sitzen dann plötzlich im Rollstuhl oder liegen nur noch im Bett, weil wir krank sind.
Doch leider werden nicht alle so alt.
Viele sterben früher als gedacht.
Ein paar Monate zuvor war man noch draußen in einer Bar und hat Eis gegessen und hat sich gefreut, dass man sich wiedersieht.
Und von einer auf die andere Sekunde verliert man eine Person, die so glücklich und lebensfroh war und die man sie ein Leben lang kannte.
So war es mit meiner Mutter und ihrer besten Freundin.
Sie ist heute Morgen gestorben.
Ich kann es immer noch nicht realisieren.
So jung.
Wie schnell sich das Leben ändern kann, es macht eine 180-Grad-Wende.

Wie schnell man auch sterben kann.
Hoffnungen hatte ich. Ich hoffte, dass sie es überleben würde.
Dass ihr Körper stark genug wäre, um es zu überleben.
Die Krankheit zu überwinden.

Doch das Virus hat es geschafft. Es hat noch einen wichtigen Mensch aus dem Leben gezogen.
Ein wichtiger Mensch ist aus Mamas Leben gegangen und die Familie hat einen superwichtigen Mensch verloren.
Die Mutter hat nur wegen ihrer Tochter weitergemacht, nun ist die Tochter vor der Mutter gestorben.
Ich fühle die Schmerzen im Herz. Doch die Schmerzen, die meine Mutter hat, sind unvorstellbar.
So eine Freundschaft gab es selten. Sie waren wie Geschwister. Wohnten genau nebeneinander und verbrachten jeden Tag zusammen.
Es ist schrecklich, so jemanden anzusehen, denn man kann in diesem Moment nichts tun außer zu trösten.
Nicht einmal eine richtige Ablenkung ist möglich. Man ist so gefesselt in dieser Situation.
Ich kann nur eins sagen, es ist ein beschissenes Gefühl!
Vor allem das Warten, das war das Schlimmste. Drei Wochen gehofft.
Mal kamen gute Neuigkeiten, mal schlechte. Doch keiner hätte gedacht, dass es so enden wird.
Doch ist es Schicksal?
Ist der ganze Tod schon vorgeplant von einer kraftvollen Macht, die wir nicht kennen?

Lebe in Frieden.
Wir werden dich nie vergessen.
Meine Mutter wird dich für immer lieben und vermissen.

Mittwoch, 08. April 2020

Meine Stimme ist so zitterig geworden nach dem Vorfall gestern.

Ich kann diese Nachricht noch nicht verarbeiten.

Es steckt in meinem Kopf einfach drin.

Man versucht, sich irgendwie abzulenken mit Lernen oder Backen oder Rausgehen. Aber es bringt nichts.

Es frisst einen auf.

Man denkt immer an den einen Satz … Sie hat es nicht geschafft.

Es geht nicht nur uns so.

Tausende von Menschen sind gestorben und die Mitmenschen, die sie kannten, leiden komplett darunter.

Auch wenn man die Person nicht gut kannte, zerreißt es innerlich!!!!

Man bekommt Anrufe.

Man fragt täglich, wie es uns geht nach so einem Vorfall. Doch wie soll es uns denn gehen?

Die Frage, die sie stellen, können sie selber leicht beantworten.

Wenn eine Person jemanden verliert, dann geht es ihr ganz sicherlich nicht gut.

Das sind dann immer dieselben Fragen, die man dann gestellt bekommt.

Warum ist sie gestorben?

Wie alt war sie denn?

Hatte sie Vorerkrankungen?

Hatte sie einen Mann?

Wie viele Kinder hatte sie denn?

Und dann kommen die typischen Sätze.

„Oh, das tut mir wirklich sehr leid! Wenn ihr was braucht, dann meldet euch, wir sind für euch da."

Das sind dann die Leute, die man kaum kennt und mit denen man kaum Kontakt hat.
Die Leute, die einen kennen, fragen nicht einmal. Ich weiß nicht, was besser ist, die Leute, die man kaum kennt und von denen man mit Fragen bombardiert wird, oder die, die man ein Leben lang kennt und die nicht einmal fragen, wie es einem geht.

Wahrscheinlich ist keins von beiden gut.
Man ist einfach nur geschockt nach so einer Nachricht und das vergeht auch nicht so schnell, wenn man den ganzen Tag daheimsitzt, man nichts zu tun hat und man immer daran denken muss.
Die Emotionen verschwinden. Man hat keine Lust mehr zu reden. Man versucht, positiv zu wirken, doch das ist schwer, ein einfaches Lächeln fällt einem schwer.
Es zerfrisst einen, wortwörtlich!
Ob es von Tag zu Tag besser werden wird, das weiß ich nicht.

52 Jahre alt.
Ich kann es immer noch nicht glauben.
Es ist wie in einem Film. Man kann es einfach nicht realisieren.
Es geht einfach nicht aus meinem Kopf.
Ich denke an die Familie, die da durchmuss in dieser schwierigen Zeit.
An die anderen Menschen da draußen, die das Gleiche miterleben müssen. An die Ärzte, die die Nachricht weiterleiten müssen und mehr Tote sehen als geplant.
Es geht direkt in die Psyche. Man hört nur schlechte Nachrichten. In den Medien, im Fernseher oder per Telefonat. Wie kann man dann noch einen gesunden Verstand haben?

Es sterben auf der Welt gerade so viele Menschen. Es ist einfach zu schrecklich.
Wie gesagt, wie in einem Film. Wenn Menschen zu Zombies werden und man sich nur daheim schützen kann. So fühlt es sich gerade an – und einfach unrealistisch!
Ich bekomme gerade mit, dass so viele Leute gestorben sind, ohne Vorerkrankungen, dann denke ich mir so: Was erzählen die denn in den Medien?
Ich glaube nichts mehr, was im Internet steht.
Es wird mir so viel erzählt, von Familien, Kollegen oder Freunden, dass Leute im Krankenhaus liegen, die jung sind oder ein bisschen älter, die am Sterben sind und dann denke ich mir:
Aha und warum sagen die, dass nur Leute mit Vorerkrankungen sterben? Damit wir keine Panik bekommen?
Ist doch Schwachsinn. Ist doch besser, wenn wir Angst haben, sonst sind alle draußen und denken dann eh nur, dass alte Menschen sterben.
Was auch schon schlimm genug ist.

Man kennt die schönen Liebesfilme oder Romanzen, immer ein Happy End oder ein geliebter Mensch stirbt und alle sind am Boden zerstört, doch dann geht das Leben trotzdem weiter. So ist es gerade. Es fühlt sich wie in einem Film an, jemand stirbt durch einen blöden Vorfall, den er nicht verdient.
Es ist jetzt drei Tage her. Doch es gibt keine einzige Stunde, in der ich nicht daran denken muss, ganz zu schweigen von meiner Mutter.
Es zerbricht mir das Herz, sie so zu sehen.
Ich hab mir jetzt oft vorgestellt, wie es wäre, wenn ich meine beste Freundin verlieren würde.
Das wäre viel zu schmerzhaft. Man verliert eine wichtige Person im Leben, die sonst immer für einen da war. Die einen vielleicht mehr verstanden hat als die eigene Familie.
Die eine, die einem immer Mut gemacht hat.
Die eine, die einen immer zum Lachen brachte.
Die eine, die immer so viel erzählt hat.
Die eine, die immer für einen da war. Egal in welcher Situation man war.
Genau die EINE ist nun aus ihrem Leben verschwunden.
Diese Vorstellung, meine beste Freundin zu verlieren, da bekomm ich jedes Mal Gänsehaut.

Das Leben geht weiter. Doch die Trauer wird immer da bleiben.
Es ist eine Überwindung.
Loszulassen.
Loslassen ist das Schwerste, das man sich jemals denken kann.
Man spürt die Schmerzen innerlich. Es kommen Tränen.
Man versucht, stark zu sein, doch man bricht vor Traurigkeit zusammen. Man bricht innerlich zusammen.

Man denkt an die guten Zeiten, die man zusammen verbracht
hat, an die lustigen Tage und an die schlimmen Tage, die man
zusammen überwunden hat.
Wenn man an so was denkt, dann wird der Abschied schwerer
und schwerer. Man kann es nicht glauben und ich kann nach
drei Tagen immer noch nicht fassen, was passiert ist.

Ich schau mir ständig die Erinnernungsbilder an und immer,
wenn ich sie sehe, kommen mir die Tränen.
Ich hoffe, dass es meiner Mutter bald besser geht, denn sie so zu
sehen, bricht mir noch mehr das Herz.

Doch kommen wir wieder zurück zu dem Happy End!!
Das Leben hat leider nicht immer ein Happy End.
Das Leben kann von einem auf den anderen Augenblick been-
det sein.
Man weiß nie, wann es wirklich für uns zu Ende ist.
Man weiß nicht, wann es für die anderen ein Ende hat.
Es kann einfach so kommen, so wie in dieser Situation.
Deshalb gibt's die Happy Ends nur in Filmen.
Im echten Leben wird es nie ein Happy End geben.
Denn so was existiert leider nicht in der echten Welt, in der wir
leben.
Denn wir alle werden mal sterben und keiner wird sich wirklich
auf den Tod freuen.
Man möchte nämlich weiterleben, so lange es nur möglich ist.

Wir leben, um zu sterben.

Ich habe das Gefühl, dass man sich während der Quarantäne-zeit verändert.

So ist es bei mir.

In mir herrscht seit Tagen eine Unruhe. Ich kann nicht richtig schlafen und bin immer am Nachdenken.

Alles ändert sich. Es ist so krass!

Ich verstehe langsam die Welt und auch mich selber und wie ich in Situationen reagieren sollte.

Man lernt sich neu kennen in so einer Situation. Das ist sehr gut, denn sonst hat man nie wirklich Zeit für sich selber, um zu schauen, was einem gefällt oder wie einer so tickt.

Ich finde auch, dass ich langsam positiver denke. Ich versuche, alles optimistischer zu sehen, da ich nun erlebt habe, wie es hier auf der Erde abgeht.

Man kann nämlich einen Plan machen fürs nächste Jahr, für den nächsten Monat, für die nächste Woche oder für den nächsten Tag. Aber man weiß nicht, ob man den Plan verwirklichen kann.

Man weiß nämlich nicht, was am nächsten Tag passieren könnte. Es muss nicht unbedingt was Negatives am nächsten Tag oder in der nächsten Woche passieren, es kann natürlich auch etwas Positives geschehen.

Was genau passiert, passiert nur, weil ihr es wolltet. Sonst wär es nie geschehen.

Eins ist klar: Hier kommt man nur mit einem optimistischen Gedanken voran.

Man fühlt sich viel besser.

Vielleicht wird man dann enttäuscht, wenn man immer nur positiv denkt. Aber hey, ist doch egal, dann gehen wir weiter und versuchen neue Sachen.

Wir dürfen nicht immer an alten Sachen hängen, die uns nicht gut tun.

Wir müssen uns davon verabschieden, denn es ist einfach eine
Last für uns und für unsere Psyche.
Loslassen ist schwer, doch loslassen von negativen Sachen sollte
es nie schwer sein. Denn das Gute kommt immer dazu.
Egal ob man mal einen schlechten Tag hatte oder eine schlechte
Woche, vielleicht auch einen schlechten Monat.
Das Ganze wird vergehen und ihr werdet dann sehen, wie sich
das Warten gelohnt hat. Man muss es nur wollen.
Es ist zu schade, die Zeit für unnötige Sachen zu verschwenden,
unser Leben ist viel zu kostbar dafür.
Mach es einfach und denke nicht an andere Leute, die dann
schlecht über dich denken könnten. Die meisten sind doch eh
eifersüchtig.
Tu einfach das, was du willst, keiner kann dir so eine Erfahrung
je wieder geben, die du gehabt hast.
Zu was sind wir sonst hier auf dieser Welt?
Nur um perfekt zu sein?
Um alles richtig zu machen?
Nein, um uns selber glücklich zu machen, wir haben schon das
Glück, hier leben zu dürfen!

Es ist Ostern und so viele feiern alleine.
Ich habe das Glück, mit meinen Eltern zu feiern, doch die älteren Menschen da draußen sitzen alleine und müssen sich irgendwelche Programme im Fernsehen anschauen, weil die Familie nicht persönlich kommen kann, sondern nur anrufen darf.
Es ist so traurig. Die armen Menschen. Was sie wohl den ganzen Tag treiben so ganz alleine?
Eine Freundin wohnt alleine und ist 20 und feiert alleine Ostern. Sie selbst sagt, dass die Stimmung langsam sinkt.
Denn an so einem Feiertag einsam daheim sitzen, ist deprimierend.
Klar, viele haben generell keine Familie, auch wenn diese Situation nicht da wäre.
Viele sind auch so ganz alleine.

Man realisiert es aber erst so richtig, wenn man selber nicht zur Familie gehen kann. Zu Großeltern oder generell zur ganzen Familie, gemeinsam im Garten sitzen und Kaffee und Kuchen genießen.
Das Ganze kann man gerade nicht machen.
Wie viele eigentlich da draußen sind, die schon immer alleine waren? Das macht einen einfach traurig.
Dass man jetzt in so einer Situation daran denkt.
Davor hat man nie wirklich daran gedacht, an andere Menschen. An so einem Feiertag hat man nur an seine Familie gedacht. Sonst an nichts.
Aber jetzt wird einem viel mehr klar, dass es viele Menschen da draußen gibt, die schon immer alleine waren und solche Situationen schon immer alleine durchmachen mussten.

Ob wir danach mehr auf die Menschen achten, die schon sehr lange alleine sind?

Ob man sich bisschen mehr darum kümmert?

Ein bisschen sozialer und netter wird und was Nettes mit den Leuten macht, die endlich mal wieder ein bisschen glücklich werden können?

Ob wir das je machen werden nach dieser Situation? Das weiß ich nicht.

Ich weiß nicht, wie ich sein werde.

Ob ich mich daran erinnern werde oder es nur jetzt diese Phase ist.

Da ich selber daheim bin und mir darüber Gedanken mache, weil ich so viel mehr Zeit habe als sonst.

Ob es sich ändern wird, sobald ich wieder ganz normal rausgehen darf mit meinen Freunden und ich es dann vergessen werde … Das weiß ich nicht, aber ich denke, so was wird man nicht vergessen.

Ich hoffe es.

Denn helfen ist das Wichtigste, das man tun kann.

Wenn man im Leben hilft, dann kommt man voran und hat dabei ein gutes Gefühl.

Ein guter Mensch.

Es müssten mehr gute Menschen hier auf der Welt geben.

Es sind doch leider viel zu wenige.

Man kann es aber ändern, wenn man es will.

Ich hoffe, es wollen viele!!!

Montag, 13. April 2020

Wow, es sterben gerade krass viele Menschen in Amerika.
Klar, Amerika ist ein großes Land, aber trotzdem bin sehr geschockt.
Viele verlieren dort gerade auch ihren Job, was nichts Gutes bedeutet.
Sehr viele werden gerade arbeitslos.
Die Armen … wortwörtlich die Armen.
Es leiden viel zu viele Menschen gerade.
In Italien hat sich die Lage auch nicht verbessert.
Hier in Deutschland gibt es nicht wirklich die neusten Informationen. Die berichten mehr von den anderen Ländern als von ihrem eigenen Land.
Deswegen weiß ich nicht wirklich, was hier genau abgeht.
Ob sich die Lage verbessert oder verschlechtert hat.
Mal wird gesagt, es wird gut, dann wird wieder gesagt, dass sich die Lage sehr verschlechtert.
Man weiß nicht, was hier jetzt wirklich genau los ist.
Ob es im Dorf Infizierte gibt oder in der Großstadt.
Man würde gerne wissen, ob es wenigstens in der Umgebung Infizierte gibt und wenn ja, wie viele.
Doch keiner berichtet was.

Morgen wird entschieden, ob die Schulen und Universitäten am 20. April wieder öffnen werden.
Ich hoffe, dass sie nicht öffnen.
Jetzt denken alle, dass es klar ist, dass die Schulen nicht öffnen sollen, weil ich selber studiere und eine Jugendliche bin. Aber so ist es nicht.

Denn das Ganze würde die Situation wieder verschlimmern.
Denn man weiß ja nicht, ob die Schüler wirklich daheimgeblieben sind oder ob die ständig draußen waren mit Freunden, in einer größeren Gruppe als nur mit zwei Leuten.
Keiner kann es nämlich beweisen und dann die Schulen zu eröffnen, ist Schwachsinn.
So erkranken viel zu viele Kinder und Jugendliche.
Vor allem die, die dann noch Busfahren werden. Die werden nie zwei Meter Abstand halten. Das macht doch kein Jugendlicher.
Oder Masken in der Schule tragen. Wie soll man sich da konzentrieren? Vor allem, nach zwei Stunden Unterricht hat man schon Kopfschmerzen mit so einer Maske, weil man nicht richtig durch sie atmen kann. Kompletter Sauerstoffmangel.
Also wenn ab Montag die Schulen wirklich geöffnet werden, dann weiß ich echt nicht weiter.
Dann können wir noch lange hier im Zimmer sitzen und darauf warten, bis die Normalität wieder auf uns zukommen wird.
Denn nur wegen so was werden wir länger daheimsitzen.

Mittwoch, 15. April 2020

Das Ganze wird sich so in die Länge ziehen mit dem Virus.
In Italien ist gerade die Hölle los und die öffnen alle Buchläden.
Klar, viele langweilen sich gerade, aber da kann man sich ja genauso anstecken und die Wahrscheinlichkeit ist nun größer, weil, wenn sich die Leute langweilen, dann gehen sie und kaufen Bücher.
Das heißt, ganz viele Leute sind dann dort auf einem Haufen.
Die brauchen nämlich eine Beschäftigung.
Anscheinend.

Es ist richtig kacke, nur daheim sitzen und nichts zu tun, aber es hört ja nie auf, wenn die was Neues aufmachen und dann gefühlt zehntausend Leute da reinstürmen, als hätten sie noch nie Bücher gesehen.

Denken die Politiker nicht genau darüber nach, was sie unternehmen?

Vielleicht hat es ein Vorteil, dass die Leute Bücher lesen und dann nicht mehr rausgehen in den Park. Dass sie es generell ein bisschen länger daheim aushalten.
Aber es kann ja trotzdem sein, dass sie sich dann ausgerechnet dort anstecken und die ganze Familie in Gefahr bringen und sie dann im Krankenhaus landen.
Dann hat es nichts gebracht, Bücher zu kaufen.
Sondern es hat dich dann eher krank gemacht als dich geschützt.
Denn die Wahrscheinlichkeit ist doch viel größer, sich dann dort anzustecken.
Da ist Laufen im Park viel besser, weil man nicht in einer Menschenmenge befindet.
Deswegen verstehe ich den ganzen Sinn dahinter nicht wirklich, was soll das Ganze bezwecken?

Bin ich froh, dass sie doch beschlossen haben, die Schulen ein bisschen länger geschlossen zu lassen.
Das wäre eine reinste Katastrophe gewesen, wenn sie die am Montag geöffnet hätten.
Die Zahl der Corona fälle würden nämlich wieder steigen.
Dann hätte die Quarantäne gar nichts gebracht.
Naja, doch eigentlich schon, weil man sich selbst geschützt hat!

Aber für mich und für andere heißt es nun: Online-Unterricht ab Montag.
Heute wollten wir es mal testen, doch es hat nicht geklappt, da wir fast 200 Studenten waren.
Ziemlich viel und das hat natürlich das ganze Programm überfordert.

Am Montag fängt es wieder richtig an. Diesmal von zu Hause aus.
Mal schauen, wie viel die Technologie so aushält.
Denn ab Montag fängt bei vielen Online-Unterricht an.
Aber immerhin verlieren wir nicht unser Semester.
Ich hoffe auch für die, die dieses Jahr Abi schreiben, dass es bei ihnen gut läuft.
Denn viele müssen es sich alles selbst beibringen, denn es gibt keinen richtigen Online-Unterricht wie bei uns.
Also bei den Mitmenschen, die ich jetzt kenne.
Aber vielleicht ist es anders auf anderen Schulen.
Obwohl das dann ziemlich diskriminierend wäre, wenn es nur ein paar Schulen machen würden und nicht alle.
Doch warten wir alle mal ab.
Die Schule fängt bei den anderen wahrscheinlich, wenn sich alles ein bisschen verbessert, wieder am 4. Mai an.
Bei Universitäten ist es noch nicht festgelegt, was natürlich auch klar ist.

Auf einer Universität sind viel mehr Studierende als Schüler auf einer Schule. Da ist die Ansteckungsgefahr höher.
Auf einer Schule kann man nämlich auch die Klassen kleiner machen und die Kinder und Jugendlichen dann auf mehrere Räume verteilen.
Bei Studenten geht das eher weniger gut.

Es ist bald die sechste Woche, in der ich daheim bin.
Ohne soziale Kontakte um mich herum, außer meinen Eltern.
Komme sehr gut klar mit meinen Eltern, doch ich würde sehr gerne mal wieder andere Menschen sehen können.
Andere Gespräche führen.
Klar, man kann die Leute anrufen, die man gerade vermisst, doch das ist nicht dasselbe.
Man vermisst langsam immer mehr die Uni, das Sportmachen mit anderen Mitmenschen, die Konversationen unter Freunden und in meinen Alter natürlich auch die Partys.
Auch wenn man nicht wirklich ein Partygänger ist, hat man doch jetzt das Bedürfnis, auf eine Party zu gehen, um Spaß zu haben und mal abzuschalten.
Wieder im Alltag zurück.

Man merkt, dass man sich schneller daheim langweilt als sonst.
Hab ich in den letzten paar Tagen gemerkt.
Ich habe immer den gleichen Ablaufplan eingehalten.
Jeden Tag habe ich immer das Gleiche gemacht.
Sport, Duschen, Lernen und mit dem Hund raus … Und am nächsten Tag dasselbe.
Doch jetzt, in der sechsten Woche, merkt man, wie es langweilig wird.
Die Motivation fehlt immer mehr.
Da man immer das Gleiche tut und man keine Abwechslung mehr hat.
Klar, man kann noch mit Freunden telefonieren, aber das macht man jetzt auch nicht jeden Tag und dann auch noch den ganzen Tag lang.
Oder putzen, irgendwann hat man auch nichts mehr zum Putzen.

Oder mit den Eltern reden. Das macht man ständig, aber dennoch braucht man eine Abwechslung und das fehlt jetzt.
Deswegen macht die Situation es Tag für Tag immer schwerer.

Sehr viele von euch haben das Problem nicht. Viele von euch gehen noch raus und genießen das schöne Wetter. Treffen sich noch mit Freunden. Kann sein, dass sie es mit den Abstandsregeln einhalten, aber das wissen wir natürlich nicht. Viele gehen auch zu Freunden nach Hause, was natürlich nicht verständlich ist. Aber diese Leute werden nicht verstehen, wie ich mich gerade fühle, denn die gehen noch raus und haben noch soziale Kontakte. Es ist für die eine Abwechslung und sie sind dann natürlich nicht den ganzen Tag daheim oder unternehmen jeden Tag immer dasselbe.
Für die ist es einfacher. Aber leider ist es auch komplett falsch. Wegen solchen Leuten sitze ich noch hier und muss warten bis das Ganze ein Ende hat.
Natürlich nicht nur ich, sondern genauso die anderen, die dasselbe tun wie ich.
Ich hoffe, dass es viele Menschen gibt, die daheimsitzen und nichts tun oder besser gesagt einfach daheimbleiben und nicht jemanden treffen, nur weil sie es daheim nicht aushalten können. Doch was ich mitbekomme von den Mitmenschen, die ich kenne, sind die meisten draußen und treffen sich noch mit anderen Leuten.

Es werden noch sehr lange und langweilige Wochen für uns alle. Das Ganze hat noch kein Ende. Im Gegenteil, es fängt erst richtig an.

Irgendwie ist die Welt echt traurig!

Wir wissen so wenig darüber und uns fällt es gar nicht auf.

In einem Jahrhundert wie diesem müsste man doch mehr davon erfahren, was da draußen alles vor sich geht. Die Technologie ermöglicht uns so viel, dennoch wissen wir gar nichts darüber.

Jeden Tag werden wir informiert, was gerade auf der Welt geschieht.

Jetzt werden wir natürlich nur über das Virus benachrichtigt, was verständlich ist.

Doch darüber wissen wir auch nicht alles.

In einer Stadt, ein paar Kilometer von meinem Dorf entfernt, ist ein Krankenhaus, das komplett überfüllt ist mit Patienten, die das Virus haben.

Ich weiß es nur, weil meine Tante beim Ministerium arbeitet und sie mehr mitbekommt als wir.

Es ist unfassbar traurig. So was sollten wir auch erfahren. Wie sollen wir uns schützen, wenn wir denken, dass alles gut ist um uns herum?

Wenn wir nichts erfahren, denken wir, dass es in unserer Umgebung keine Gefahren mehr gibt und wir es lockerer nehmen können.

Deswegen sind auch so viele noch draußen.

Wir wissen hier gar nichts davon, was gerade auf dieser Welt so abgeht.

Ich verstehe auch nicht, warum. Wir haben genauso das Recht, so viel zu wissen wie die anderen Leute, die vielleicht eine höhere Position haben als wir.

Es ist einfach traurig. In einem Jahrhundert, in dem so viel möglich ist und man dann das Wissen mit niemandem teilt. Ausgerechnet in so einer Situation, in der wir alles wissen sollten – aus Sicherheitsgründen.

Sonntag, 19. April 2020

Einer, die ich kenne, geht es nicht so gut, seit einer Woche ungefähr.

Ihr ist immer schwindelig und sie hat Kopfschmerzen. Ab und zu auch Fieber.

Sie hat auch beim Arzt angerufen und hat gesagt, dass es ihr nicht gut geht.

Doch der Arzt meinte nur, dass sie daheimbleiben und abwarten sollte.

Der Arzt meinte, es wären Symptome für die Virusinfektion, dennoch sollte sie noch abwarten, ob es sich verschlimmern würde.

Sie hat mal gute und schlechte Tage. Nun ist es eine Woche her und ihr geht es immer noch nicht gut.

Und da frage ich mich: Warum testet man sie nicht sofort?

Um zu schauen, ob sie das Virus hat.

Denn wenn sie es haben sollte, dann haben es die Eltern natürlich auch und die gehen einkaufen oder zu Nachbarn und tja, da hätten sie jetzt ganz schön viele Leute angesteckt.

Die warten irgendwie viel zu lange. Macht doch sofort einen Test. Klar, vielleicht gibt es nicht genügend Tests, dennoch sollte man darauf achten.

Denn wenn man schon jemanden testet, der mit einer positiven Person im Kontakt war und eigentlich keine Symptome davor hatte, dann sollte man wenigstens auch die Leute testen, die krank sind und seit einer Woche nur im Bett liegen und sich schlecht fühlen.

Meistens verstehe ich die Entscheidungen einfach nicht, die die Leute fällen.

Vielleicht ist man in dem Moment so überfordert, dass man gar nicht mehr so richtig darüber nachdenken kann. Das kann natürlich auch sein.

Dennoch geht es hier um die Gesundheit und man sollte immer einen gesunden Menschenverstand bewahren, auch wenn man zurzeit überfordert ist.
Die Überforderung vergeht wieder, aber die Krankheit kann auch zum Tod führen und der vergeht leider nicht mehr!

Montag, 20. April 2020

Daheim wird einem oftmals langweilig, aber eins muss man sagen, man lernt, sich selbst zu lieben.

Die Selbstliebe ist für viele schwer, vor allem in einer Gesellschaft wie dieser, in der wir leben. Dennoch sollte man es versuchen. Nein, man sollte es tun. Jeder muss sich selbst lieben, um ein besseres Leben leben zu können.

Man fühlt sich besser. Die Seele fühlt sich auch wohler.

So was ist schwer, aber ich hab es geschafft.

Ich habe mich nie wirklich selbst geliebt und wenn man sich selbst nicht lieben kann, dann kann man andere Menschen auch nicht wirklich lieben.

Es ist schwer und ein großer Schritt.

Dennoch sitze ich hier seit Wochen und man hat so viel Zeit, um es auszuprobieren.

Mir hat Yoga viel gebracht und generell Sport.

Es hilft einem, in sich selbst hineinzugehen und zu reflektieren. Yoga beruhigt einen. Man entspannt sich. Viele finden es kindisch oder glauben es nicht. Ich hab es auch nicht geglaubt, aber als ich es ein paar Mal durchgezogen habe, habe ich gemerkt, wie sich mein Körper langsam entspannt. Ich habe noch nie Drogen genommen, aber viele sagen, dass man sich mit Drogen entspannt und so ist es mit Yoga bei mir. Danach fühlt man sich so frei.

Auch nur in den Spiegel zu schauen und sich mal zu betrachten tut gut.

Manchmal blickt man in den Spiegel, um zu schauen, ob man gut aussieht, aber ich habe mir mal die Zeit genommen und habe länger geschaut und habe gemerkt, ich bin ich. Es ist egal ob man dicke Backen hat oder ob man ein bisschen Bauch hat. Jeder ist anders gebaut, wenn jeder gleich wäre, wäre die Welt doch langweilig, oder nicht?

Jeder hat was Besonderes in sich, vielleicht weißt du es noch nicht, aber in jedem steckt etwas und man wird es herausfinden. Vielleicht nicht heute, vielleicht nicht morgen, aber irgendwann. Es kann Tage, Wochen oder auch Jahre dauern, aber das ist nicht schlimm. Man nimmt sich einfach die Zeit. Die Zeit rennt nicht weg.
Es ist jetzt einfach der perfekte Zeitpunkt, um es zu lernen und es auch zu wollen.
Nutzt die Zeit für euch und macht was Gutes für euren Körper. Denn es gibt nichts Schöneres, als sich selbst zu lieben.

Auch wenn man nicht immer daheim ist, kann man sich für ein paar Minuten die Zeit nehmen, um zu reflektieren. Um sich zu entspannen, ein Buch zu lesen, irgendwas, was einem gefällt und einem gut tut. Etwas wobei man sich einfach wohlfühlt. Die ganzen negativen und positiven Gedanken abschalten, die einen am Tag beschäftigt haben.
Einfach in dem Moment nur auf sich konzentrieren und die Umgebung abschalten.

Gestern haben wir mit dem Online-Unterricht angefangen.

Es ist schön, wieder etwas Produktives zu machen.

Dennoch muss ich leider sagen, dass es für unseren Körper nicht wirklich ideal ist.

Ich hatte von 8 Uhr morgens bis 19 Uhr Vorlesung und ständig zu sitzen und immer im gleichen Raum ist echt stressig. Klar, in der Universität/Schule sitzen wir auch, aber da gehen wir, wenn wir Pause haben, raus oder reden dann mit Freunden. Aber hier geht das nicht. Man muss sich erstens darauf konzentrieren, was der Professor sagt und hoffen, dass die Verbindung nicht abstürzt und man dann was Wichtiges verpassen könnte und zweitens es ist echt anstrengend, die Sachen nur von der Folie aus zu kapieren.

Das muss nicht bei vielen der Fall sein, aber bei mir ist es so.

Das Schlimme ist, dass man den ganzen Tag vor dem Computer sitzt.

Danach hat man solche Kopfschmerzen. Schrecklich, einfach nur schrecklich.

Klar, man hat dazwischen ein paar Pausen, aber wie gesagt es ist nicht so wie im „echten Leben".

Man kommuniziert nur über die Technologie und irgendwie ist so etwas auch belastend.

Am Anfang dachte ich, dass es super werden wird, da man vom Bett aus lernen kann und einfach nur zuhören muss.

Aber nein, da ist es schöner, die Professoren in echt zu sehen und sich zu konzentrieren und dann persönlich statt virtuell Fragen zu stellen.

Vor allem kann man sich auch schnell ablenken lassen oder mal aufstehen und kurz mit den Eltern oder Geschwistern reden und die Hälfte der Vorlesung verpassen. Klar, auch in der Schule/Universität kann man sich ablenken lassen, aber da ist es irgendwie anders.

Daheim kann jeder reinkommen und kurz stören, obwohl man in dem Moment einfach seine Ruhe haben möchte.

Vor allem ist es auch körperlich nicht gesund. Wir sitzen oder liegen die ganze Zeit und machen nichts. Holen uns dann kurz was zu essen und machen weiter.

Auf der Uni/Schule musste man wenigstens von Raum zu Raum laufen oder in die Mensa und zurück.

Jetzt bleibt man liegen, vielleicht geht man kurz raus, aber mehr macht man nicht.

Das hat so negative Aspekte für unseren Körper.

Es ist gut, dass man eine Lösung gefunden hat, wegen der Krise, die wir zurzeit haben, aber wenn es für immer so bleiben würde… schrecklich einfach nur schrecklich.

Es gibt nämlich jetzt auch schon Kinder/Jugendliche, die nie rausgehen und nur in die Schule gehen. Aber wenigstens das.

Aber jetzt sitzen die nur daheim vor dem Computer und zocken.

Zum Glück ist das nur eine Phase und sie wird enden.

Denn die richtige Schule/Uni ist wirklich viel besser, unter dem Gesundheitsaspekt.

Ob es einem gefällt oder nicht, ist die Sache jeden Einzelnen.

Jetzt schon Lockerungen fordern?
Ist doch verrückt, die ganze Sache.
Sobald es Lockerungen geben wird, werden die Menschen da draußen denken, es wäre vorbei. Das würde jeder denken. Doch das ist das Problem.
Sobald alle wieder draußen sind, kann es wieder zu einer größeren Pandemie kommen.
Es könnte sich verschlimmern, weil man zu früh die Regeln aufgehoben hat.
Lieber sitzen wir hier jetzt noch einen Monat, als dass wir später noch ganze Wochen oder Monate daheimbleiben müssen, weil man paar Regeln aufgehoben hat.
Generell ist es viel zu früh. Auch in Italien lockern sie ein paar Sachen, was ich verrückt finde, denn es war das am stärksten betroffene Land.
Es sind so viele unschuldige Menschen gestorben und nun lockern sie die Regeln.
Ich verstehe manchmal die Politik nicht wirklich.

Nach dem Tod der besten Freundin meiner Mutter merkt man, dass es einem dabei nicht gut geht, in so einer schlimmen Situation daheimzusitzen und abzuwarten, bis das Ganze mal ein Ende hat.

Man kann sich oftmals ablenken. Vielleicht für ein paar Stunden, dennoch ist es schwer.

Man sieht, dass es jetzt zwei Wochen her ist. Es wird ein bisschen besser, doch die Trauer ist noch zu bemerken.

Man lacht weniger.

Man ist ernster.

Eigentlich bräuchte man auch psychische Hilfe, damit man wieder einen klaren Kopf bekommen kann.

Doch jetzt gerade einen Psychologen zu finden, ist nicht wirklich einfach.

Und keiner macht sich auf die Suche danach.

Auf jeden Fall freue ich mich, wenn man wieder rausgehen kann.

Wenn die Normalität wieder auftaucht.

Denn klar, ich kann was für die Uni machen. Man findet immer irgendwas zu tun.

Aber dennoch ist es schöner, wenn man die Zeit draußen mit Mitmenschen verbringen kann.

Was will man den mehr vom Leben?

Ich freue mich schon darauf, wenn ich meine Oma wieder in die Arme nehmen kann und meine restliche Familie sowie meine Freunde.

Eben, was will man mehr?

Man merkt, dass die kleinen Dinge im Leben einen glücklich machen und keine großen Dinge, die man sich immer wünscht.

Man lernt die Wertschätzung kennen.

Das Wetter ist natürlich wunderschön.

Es ist das erste Mal nach langer Zeit, dass das Wetter hier in Deutschland im April so wunderschön ist.

Die Sonne strahlt und die Vögel zwitschern ständig. Einfach herrlich, der Natur zu lauschen. Vor allem morgens so aufgeweckt zu werden.

Dennoch ist es für uns echt deprimierend, daheimzusitzen und zuzuschauen, wie schön es gerade draußen ist.

Man könnte so viel unternehmen bei so einem fantastischen Wetter. Mit Freunden oder Familie grillen auf einer Wiese, mit Freunden Eis essen gehen.

Okay, die Eisdielen sind theoretisch offen, aber nur mit der Familie kann man dahingehen und man fühlt sich aber noch so bedroht, wenn man draußen etwas unternehmen möchte.

Vor allem treiben sich dort so viele Menschen herum, wenn die Sonne scheint. Ist dann nicht so toll und man kann das Eis nicht genießen.

Naja, auf jeden Fall könnte man jetzt sehr viel draußen unternehmen.

Wahrscheinlich wird es dann so enden, dass, wenn alles wieder gut ist, das Wetter komplett schrecklich wird.

Das ist meistens so, wenn man etwas möchte oder will, dann wird es höchstwahrscheinlich nicht eintreffen.

Aber wir denken positiv und hoffen, dass wir immerhin noch einen einigermaßen schönen Sommer haben werden.

Vielleicht mit Regeln, die wir einhalten müssen, aber damit müssen wir dieses Jahr leben.

Aber ich bin gespannt, wie sich alles entwickeln wird, nach dieser ganzen Situation.

Ob es für immer bestimmte Regeln geben wird. Wie zum Beispiel eine Maske tragen, um uns zu schützen oder ob wir immer
zwei Meter Abstand halten müssen.
Ich bin gespannt, wie sich das Ganze entwickeln wird, nachdem
die Pandemie zu Ende ist.

Es wird echt traurig hier, das Ganze.

Nicht nur für mich und meine Familie. Nein, auch für euch da draußen.

Wir waren heute spazieren und dachten uns so: Hey, lass einfach zum Garten meines Cousins gehen, denn er hat einen Sohn, der sieben Monate alt ist.

Sehr klein und einfach zuckersüß wie alle anderen Babys da draußen.

Zwei Monaten lang haben wir den Kleinen nicht mehr gesehen und man sieht nun, wie groß er schon geworden ist.

Als wir dort angekommen waren, konnten wir nicht einmal richtig Hallo sagen.

Denn wir haben den Abstand eingehalten, sogar mehr als zwei Meter. Einfach um uns alle zu schützen und vor allem den Kleinen.

Es war dennoch sehr schwer, nicht zu ihm zu gehen und ihn einfach in den Armen zu halten.

Und in dem Moment dachte ich mir, wie schwer das für die alten Menschen wohl ist.

Für die Großeltern, die die Enkelkinder sehen möchten. Wie sie die ersten Schritte machen oder die ersten Zähnchen bekommen.

Man sieht seine Kinder nicht und vor allem die Enkelkinder, auf die man sich in dem Alter am meisten freut.

Wir jungen Leute sehen es noch ein, mal auf Freunde zu verzichten oder mal Cousins nicht zu sehen.

Aber meiner Mutter zum Beispiel kamen einfach die Tränen, als sie das Baby sah.

Da sie nicht wie sonst einfach zum ihm gehen konnte.

Vielleicht klingt das komisch, aber ich denke, in dem Alter interpretiert man es anders. Man wird emotionaler. Wir können so was schneller verarbeiten, aber die Älteren nicht wirklich. Würde ich jetzt behaupten.

Vor allem bei ganz alten Menschen ist es schrecklich, bei denen weiß man nie, wann es zu Ende sein kann.

Obwohl es bei uns genauso ist. Das Leben kann so schnell an einem vorbeiziehen, aber die Wahrscheinlichkeit zu sterben ist bei den älteren Leuten höher.

Deshalb ist es in dieser Situation einfach super schwer für die älteren Menschen.

Ich würde auch gerne meine Oma wiedersehen. Aber ich denke, die Sehnsucht meiner Oma ist größer. Denn ich kann mich jeden Tag irgendwie beschäftigen, meine Großeltern haben nicht so eine Spannweite, irgendwas zu tun, wie ich.

Meine Mutter hat jetzt auch große Sehnsucht nach ihrer Mutter. Sie merkt, wie schwer es ist, nicht dorthin zu gehen, jetzt nach zwei Monaten.

Denn nun ist eine sehr lange Zeit vergangen.

Es ist schwer für uns alle.

Die Freude wird immer mehr und die Sehnsucht nach anderen Menschen wird immer größer.

Man merkt, dass man im Leben einfach andere Menschen in seiner Umgebung braucht.

Sonst sitzt man immer in seinen eigenen vier Wänden. Alleine.

Ich wünsche keinem da draußen ein einsames Leben. Es ist wirklich schrecklich.

Es ist einfach so schön, eine Familie zu haben. Auch wenn du jetzt keine Familie hast, die Freunde sind auch immer für einen da. Sie können die Familie ersetzen.

Hauptsache man ist nie alleine. Unsere Seele braucht dieses Gefühl, geliebt zu werden.

Viele Gedanken schweben in meinem Kopf.
Morgens zwitschern die Vögel und die Sonnenstrahlen berühren unsere Haut.
Wir genießen diese Stille.
Eine schöne Stille? Eine traurige Stille? Oder einfach die Stille?

Wir fühlen uns fit und wollen so viel machen.
Doch wir werden aufgehalten von etwas, das wir noch nicht kennen.
Von etwas, das viele Menschen kaputtmacht.
Von etwas, das gerade unser Leben klaut.
Dieses Etwas ist ein Virus!
Ein Virus, das uns stärker gemacht hat.
Ein Virus, das gezeigt hat, dass man zusammenhalten soll.
Ein Virus, das uns zeigt, wie unsere Wege verlaufen.

Über so ein Virus kann man nur Schlechtes berichten, denn es hat sehr viele Leben geraubt, auf der ganzen Welt. Doch eins kann man sagen, ohne solch ein Virus würden wir nie wissen, wie gut es uns eigentlich geht. Wie wenig wir eigentlich im Leben brauchen, um glücklich zu sein und wie stolz wir darauf sein sollten, überhaupt zu leben.
Denn das ist ein Zeichen für uns alle, dass wir endlich korrekt werden sollten.
Nicht immer auf Geld achten.
Nicht immer schauen, wie die anderen aussehen.
Nicht immer Kriege führen und unschuldige Menschen töten, die eine Familie haben.
Das Ganze sollten wir begreifen.
Denn was bringt es uns, oberflächlich zu sein?
Was bringt es uns, viel Geld zu haben?

Was bringt es, Menschen zu töten?

Um die Erde zu retten? Muss man dazu wirklich Menschen töten?

Stellt euch vor, jemand würde euch töten. Würde es euch gefallen? Nein! Genauso ist es mit den anderen Menschen!

So öffnet euer Herz und denkt an euch und an die Mitmenschen da draußen.

Denn wenn du hilfst, hilft dir vielleicht nicht die eine Person, der du geholfen hast. Aber dir wird jemand anderes helfen und das wirst du dann wertschätzen.

So nutz die Leute nicht einfach aus. Sondern gib auch etwas ab.

Denn genau jetzt in dieser Situation lernt man, damit umzugehen!

Das müsste jeder machen!

Jeder sollte sich darüber mal Gedanken machen!

Wer sich keine Gedanken darüber macht, ist selbstsüchtig und denkt nur an sich.

Diese Welt braucht mehr Gutes!

Pure Enttäuschung hier auf der Erde.
Der Virologe Christian Drosten bekommt Morddrohungen, weil er sagt, dass die Leute in Deutschland die Situation einfach nicht ernst nehmen.
Auf die leichte Schulter nehmen.
Weil die Krankenhäuser nicht so überfüllt sind wie zum Beispiel in Spanien oder Italien.
Klar, bei uns ist es noch nicht so, aber vielen ist einfach nicht bewusst, was sich gerade in New York abspielt oder in Italien.
Nur weil es hier nicht eskaliert ist, heißt es noch lange nicht, dass es entspannt ist wie auf einem Ponyhof!
Es kann die zweite Welle auf uns zukommen. Das sagt auch der liebe Virologe Herr Drosten.
Er hat vollkommen recht. Es muss nicht sein, aber kann!
Es ist nur schade, dass viele Menschen da draußen ihm dann drohen!
Warum droht man so einer Person?
Er versucht doch, uns zu helfen.

Der Herr darf doch seine Meinung äußern wie jeder andere auch.
Wenn man nicht für das ist, was er sagt, ist es auch kein Problem, aber mit Gewalt kommt man nicht weiter. Es bringt einen nur noch mehr in Schwierigkeiten.
Man kann sagen, dass man nicht dafür ist, aber niemals einem Menschen drohen.
Er ist auch nur ein Mensch, der Gefühle hat, wie jeder andere hier auf diesem Planeten.
Jeder möchte geliebt werden, so liebt auch andere Menschen und hört auf, Leute zu beleidigen oder zu bedrohen, nur weil sie euch nicht passen!

Ihr wisst gar nicht, wie sehr ihr so die Menschen verletzen könnt, wie schnell Menschen zerbrechen wegen so etwas.

Es ist einfach, jemanden zu hassen. Aber schwer, jemanden zu lieben. Die Liebe ist doch etwas so Schönes auf der Erde, die anderen leider zu selten gezeigt wird.

Es sind nun Wochen vergangen und ich habe jeden Tag meine Gefühle und meine Gedanken geteilt.
Jeden Tag berichtet, wie es sich anfühlt, in Quarantäne zu sein und was passiert.
Wie man sich dabei fühlt, ständig daheimzusitzen.
Ich weiß, dass man sich einsam und nutzlos fühlt, wenn man nichts unternimmt.
Man leidet unter Depressionen.
Man hält es die ersten Wochen aus, ruhig zu bleiben. Doch nach der fünften oder sechsten Woche fehlt der normale Alltag.
Man beschäftigt sich daheim mit Sachen, die einem noch nie in den Sinn kamen.
Doch es ist schwer, jeden Tag eine Beschäftigung zu finden, um nicht immer an die Situation zu denken oder ständig darüber zu reden.
Es ist einfach schwer. Es zerbricht einem den Kopf.

Ich bin jung und muss die ganzen Geschehnisse irgendwie noch verarbeiten. Man verarbeitet es nicht so schnell, wenn man daheimsitzt.
Für mich wird es auch schwer sein, wieder rauszugehen mit Freunden. Wieder wie „früher" zu leben. Ich werde so vorsichtig sein.
Es hat mich komplett verändert. Es kann auch daran liegen, dass ich wirklich nur daheimsaß und nur ab und zu rausgegangen bin wegen meinem Hund.
Aber es wird nie mehr so sein wie früher.
Aus meinem Kopf wird nie mehr die Todeszahl verschwinden.
Auch nicht die Freundin meiner Mutter.
Das waren die schlimmsten Wochen.

Ich hab es so oft erwähnt, man merkt, wie schnell es zu Ende gehen kann.

Ich habe jetzt jedes Mal die Angst, dass, sobald meine Eltern mit dem Auto unterwegs sind, sie nicht mehr zurückkommen.

Dass ich sie zum letzten Mal sehe. So krass hat es mich verändert, dass ich vor so etwas nun Angst habe, weil ich gesehen habe, wie schnell man einen geliebten Menschen verlieren kann.

Es ist einfach unfassbar.

Es kann auch nur jetzt, dieser Moment, sein, an dem man an so was denkt. Denn gerade erleben wir so was.

Es kann sein, dass es sich in ein paar Monaten in meinem Kopf entspannt und ich nicht mehr daran denken muss, weil man wieder rausgehen kann und normal lebt und man solche negativen Gedanken nicht mehr besitzt.

Aber es wird eine Überwindung.

Dennoch lernt man so viel draus.

Über das Leben.

Wie viel Glück wir eigentlich haben!

Wie stolz wir darauf sein können, was wir alles erreicht haben.

Wie weit wir gekommen sind.

Dass wir überhaupt hier sein dürfen, das ist schon etwas Schönes, das uns geschenkt wurde.

Wir dürfen einfach nicht negativ sein.

Nicht immer traurig sein über etwas, dass eigentlich komplett unwichtig ist.

Nicht depressiv werden wegen unseres Aussehens, denn viele ruinieren so ihr Leben.

Nicht die anderen runtermachen, nur weil du ihnen nichts gönnen kannst.

Einfach das Leben genießen und einfach lachen.

Nicht schlecht gelaunt durch die Stadt gehen und sich mit anderen Leuten streiten. Die schlechte Laune verbreitet sich dann.Es sollten einfach mehr Menschen glücklich auf der Straße herumlaufen.

So bringen sie die anderen zum Lachen.

Das Leben ist einfach viel zu kurz, um sich aufzuregen.
Es gibt so viele Menschen da draußen, die leider nicht so ein Leben haben können wie wir.
Die schon ganz jung sterben durch eine Krankheit und noch nichts von der Welt gesehen haben.
Und wir vergeuden unsere Zeit mit schlechter Laune oder schlechten Gedanken, die uns durch den Kopf schwirren.

Ich war immer eine, die nur an die Schule dachte und an das Studium.
Immer Karriere im Kopf hatte, weil ich gedacht habe, dass das das Wichtigste sei.
Doch in der kurzen Zeit ist mir klar geworden, dass es einfach im Leben dazu gehört, in die Schule zu gehen und danach zu studieren oder eine Ausbildung zu machen.
Ich sollte dankbar sein, wie weit ich es bis jetzt geschafft habe und nun die Zeit nicht in Bücher investieren, sondern auch in die Familie und Freunde. Nicht nur an Karriere denken oder Sonstiges, bei dem man die/der Beste sein möchte.

Denn was morgen ist, ist heute.
Und den Tag kann man nicht noch mal erleben.
Für jeden Tag, an dem wir hier auf der Erde sind, sollten wir danken und beten, dass es ein Morgen gibt.
So steh auf und verkriech dich nicht in deinem Bett, sondern mach etwas Besonderes aus deinem Tag. Auch wenn es nur Sport ist oder ein Spaziergang.
Solange du etwas tust, das dich glücklich macht!
Denn das ist der Sinn des Lebens. Tun, was DIR gut tut.
Neue Sachen sehen. Neue Leute kennenlernen.

Denn du bist der Künstler.
Du gestaltest, wie dein Leben ablaufen soll.
Also nutz viele Farben und tobe dich aus.
Denn die Farben hören nie auf.

Dank

Als allererstes danke ich dir, Susi. Dass du für uns da warst, vor allem für deine Familie, die dich für immer lieben wird. Du wirst immer in unserem Herzen bleiben.
Außerdem möchte ich meiner Mutter danken, die mir die Idee gegeben hat, ein Buch über diese schreckliche Zeit zu schreiben, denn wenn sie nicht wäre, wäre dieses Buch nicht zustande gekommen.
Ich danke auch meiner Familie, die ich stets an meiner Seite weiß. Die mich in dieser Situation unterstützt hat und nie damit aufgehört hat.
Die mich jeden Tag aufs Neue aufgemuntert hat.
Ich danke meiner Autorenbetreuung und dem Team, die mir das ganze auch ermöglicht haben.
Ich bin auch dankbar für dich, dafür dass du Interesse an meinem Buch gezeigt hast und es bis hierhin gelesen hast. Dafür, dass du mir einen Teil deiner Zeit geschenkt hast und dich mit meinen Geschichten befasst hast.

novum VERLAG FÜR NEUAUTOREN

Bewerten
Sie dieses Buch
auf unserer
Homepage!

www.novumverlag.com

Die Autorin

Asia Liana Maria Schimmer wurde im Jahr 2000 im
baden-württembergischen Nürtingen geboren. Sie
ist Studentin der pharmazeutischen Technologie.
In ihrer Freizeit spielt sie leidenschaftlich gerne
Golf. Auch das Klavierspielen nimmt seit vielen
Jahren eine wichtige Rolle für sie ein – wie die
Musik ganz allgemein. Als Jugendliche entdeckte
sie außerdem ihre Leidenschaft für das Tanzen.

Der Verlag

*„Wer aufhört
besser zu werden,
hat aufgehört
gut zu sein!*

Basierend auf diesem Motto ist es dem novum Verlag
ein Anliegen neue Manuskripte aufzuspüren, zu ver-
öffentlichen und deren Autoren langfristig zu fördern.
Mittlerweile gilt der 1997 gegründete und mehrfach
prämierte Verlag als Spezialist für Neuautoren in
Deutschland, Österreich und der Schweiz.

**Für jedes neue Manuskript wird innerhalb
weniger Wochen eine kostenfreie, unverbind-
liche Lektorats-Prüfung erstellt.**

Weitere Informationen zum Verlag und
seinen Büchern finden Sie im Internet unter:

www.novumverlag.com